다이웰
주식회사

남유하 소설집

다이웰
주식회사

욜로욜로

차례

국립존엄보장센터

초인종이 울린 건 새벽 네 시였다. 현관 앞에는 두 남자가 서 있었다. 주름 하나 없이 반들반들한 회색 유니폼을 입은 젊은 남자들이었다. 쌍둥이라고 해도 될 만큼 비슷한 체형과 생김새의 그들을 구분해주는 건 선글라스였다. 둘 중 턱이 조금 더 뾰족한 쪽이 선글라스를 쓰고 있었다. 나는 낡은 천가방을 들고 그들을 따라 다가구 주택 계단을 내려갔다. 어젯밤 겨울을 재촉하는 비가 내려서인지 건물 밖으로 이어진 철제 계단이 미끄러웠다. 난간을 붙들고 조심조심 내려오는데 겨우 하루 더 살자고 버둥거리는 내 꼴이 우습게 느껴졌다. 그러면서도 굽은 등과 바짝 힘이 들어간 무릎은 좀처럼 펴지지 않았다.

집 앞에는 고급스러워 보이는 검정 세단이 주차돼 있었다. 차 옆면을 가로질러 쓰여 있는 '국립존엄보장센터'라는 붉은색 글씨가 눈에 들어왔다. 선글라스가 운전석에 앉자, 맨눈은 머뭇거리는 내게 뒷문을 열어주고 조수석에 앉았다. 뒷좌석은 푹신하고 부드러웠지만 가죽 시트 냄새에 엊저녁부터 먹은 것 없는 빈속이 울렁거렸다. 신물이 넘어올 것 같아 가슴을 연신 쓸어내렸더니 맨눈이 나를 흘끔 돌아보며 긴장 푸세요 할머니, 라고 말했다. 선글라스도 룸미러로 나를 슬쩍 보더니 라디오를 틀었다. 클래식 채널인지 헨델의 사라방드가 흘러나왔다. 그제야 나는 울렁거리는 속을 가라앉히고 의자에 등을 기댄 채 숨을 깊이 들이마셨다.

어젯밤, 종이상자 몇 개를 주워 들고 집에 돌아오니 현관에 노란 경고장이 붙어 있었다. 며칠 전 옆집에 붙어 있던 경고장과 똑같았다. 생존세 체납에 따른 최종 경고문.

올 게 왔구나.

더 이상 버티다간 옆집 김 씨처럼 억지로 끌려가 센

터에서 제공하는 혜택도 못 받고 죽어야 할 것이다. 문 앞에 선 채로 노란 종이를 한참이나 노려보다가, 자진 신고라는 존엄한 방법을 선택하기로 했다. 경고장을 뜯어 방으로 들어와 하단에 큼지막하게 적힌 열한 자리 번호로 전화를 걸었다. 벨이 울리기도 전에 ARS로 연결되었다. 기계음이 시키는 대로 생년월일을 입력하자 상담사가 나왔다. 상담사는 이름과 주소지 외에 몇 가지 기본적인 인적사항을 물은 뒤 생년월일을 다시 한번 확인했다.

내일 새벽 네 시에 담당 직원을 보내드리겠습니다. 자세한 내용은 경고장에 적혀 있는 안내사항을 참고하시기 바랍니다.

전화가 끊겼다. 새벽 네 시라니, 내 인생에 남은 시간은 어림잡아 서른 시간 정도라는 의미였다. 센터 안에서 보낼 24시간을 제외하면 온전한 개인 시간은 여섯 시간뿐이었다. 죽음이 코앞에 닥쳤는데 약간 멍할 뿐 실감이 나지 않았다. 앨범이라도 들여다볼까 하다가 쓸데없는 감상에 빠져 눈물이나 질질 짤까봐 텔레비전을 틀었다. 뭐가 잘못됐는지 사람들이 전부 노란색으로 보이는 낡은 텔레비전에서는 이름도 알 수 없는 애들이 잔뜩 나와 요리를 하며 웃고 떠들어댔다. 채널을 돌려봐도 내게는 소음으로 느껴지는 프로그램들뿐이었다. 나는 텔레비전을 끄고 침대에 누웠다. 귀퉁이가 뜯어져 퍼석퍼석한 스펀지가 비어져 나온 침대에서는 내가 몸을 틀 때마다 한 박자 늦게 삐걱거리는 소리가 났다.

도착했습니다.

낯선 남자의 목소리에 눈을 떴다. 잠을 설친 탓에 깜박 졸았던 것 같다. 내가 있는 곳이 센터가 보내준 차 안이라는 걸 알기까지 아주 잠깐의 공백이 있었다. 요즘 들어 이런 짧은 공백이 신경 쓰일 정도로 잦아졌다. 차가 멈추자 조수석에 앉아 있던 맨눈이 문을 열어주었다. 나는 천가방을 손목에 걸고 차에서 내렸다. 잘 다듬어진 유럽식 정원 가운데 서 있는 15층짜리 은빛 건물은 추상화 한가운데 그려진 정물만큼이나 이질감을 느끼게 했다. 정문에 들어서자 나를 태워다준 회색 유니폼의 남자들은 사라지고 대신 흰색 유니폼을 입은 여자가 다가왔다.

안녕하십니까. 저는 센터의 시설 안내를 맡고 있습니다.

여자가 공손하게 허리를 굽혀 인사하고는 내 팔목에

타이머를 채워주었다. 24:00:00에서 시작한 타이머는 손목에 채워진 순간부터 23:59:59로 카운트다운을 시작했다.

어르신이 사용하실 방으로 모시겠습니다.

여자를 따라 엘리베이터를 탔다. 여자는 7층을 누르고는 내게 카드키를 건넸다. 704호. 내 인생의 마지막을 보낼 방이었다.

방에 들어가시면 센터 안내장과 갈아입으실 옷이 준비돼 있습니다. 시설 이용은 24시간 가능하고, 오전 일곱 시에는 교육이 있을 예정이니 십 분 전까지 1층 강당으로 가시면 됩니다. 그럼 남은 시간 즐겁게 보내시길 바랍니다.

기계음처럼 빠르고 단조롭게 말을 마친 여자는 입구에서 만났을 때처럼 정중한 인사를 하고 사라졌다. 남은 시간이라는 말에 반사적으로 타이머를 봤다. 겨우 2분 남짓한 시간이 지났을 뿐이었다.

나는 입고 간 옷을 벗고 침대 위에 놓여 있는 오렌지색 상하의를 입었다. 언뜻 보기에는 깔끔해 보였지만 여러 번 세탁한 듯 옷깃의 색이 바래 있었다. 바지 허리에는 고무줄이 들어 있었고, 브이넥으로 파진 윗도리는 가운처럼 허리를 묶는 형태였다. 왼쪽 가슴에는 704라는 방 번호가 남색으로 박음질돼 있었다. 이곳에 있는 동안 나는 이름이 아닌 704호로 불릴 것이다. 방 안은 크기나 구조가 비즈니스호텔과 비슷했다. 작은 라운드 테이블과 거울, 책상, 침대, 미니 냉장고, 벽걸이 텔레비전이 있었고, 침대 옆에는 협탁이, 협탁 위에는 스탠드가 놓여 있었다. 팔도 제대로 뻗을 수 없는 좁은 화장실에는 미니 욕조와 세면대, 변기가 기적적으로 들어 있었다.

나는 침대에 걸터앉았다. 새벽부터 차를 타고 온지라 푹신한 침대에 눕고 싶은 마음이 간절했지만, 어차피 내일이 되면 날이 밝기도 전에 영원한 잠을 자게 될 터였다. 나는 가능한 한 많이, 센터의 시설들을 즐기기로 하고 안내장을 훑어봤다. 1층: 안내데스크, 강당, 직원 사무실, 2층: 식당, 카페, 바, 3층: 노인을 위한 맞춤형 피트니스 센터⋯⋯. 먼저 2층에 있는 카페에 가기로 했다.

카페는 호텔 로비 라운지처럼 널찍하고 고급스러운 분위기였지만, 눅눅한 곰팡이 냄새가 희미하게 나는 것 같았다. 나는 아메리카노를 주문하고 창가 자리에 앉았

다. 창밖으로 보이는 정원의 풍경은 완벽했다. 잘 차려
놓은 밥상처럼 정갈하게 배치된 나무들은 초겨울 햇살
아래 선명한 녹색으로 빛났다. 가만히 보고 있자니 다
듬어진 모양이 지나치게 인위적이라 플라스틱같이 보
이기도 했다.

방금 만든 당근케이크입니다. 드셔보시라고 가져왔
어요.

카페 직원이 가져다준 쟁반 위에는 아메리카노와 내
가 주문하지도 않은 조각 케이크가 놓여 있었다. 나는
감사의 의미로 주름진 입가를 살짝 끌어당겼다. 어차피
센터 안에서의 모든 시설 이용은 무료였다. 포트메리온
풍의 커피잔을 들고 뜨거운 커피로 입술을 축였다. 이
렇게 제대로 된 커피를 마셔본 게 얼마 만인가. 눈가에
축축한 눈물이 고였다. 창밖을 보며 커피를 입 안에 머
금고 있었다. 그동안 인스턴트커피만 먹고 산 미뢰가
정화될 수 있도록. 당근케이크에는 손도 대지 않았다.
스무 시간 동안 무한정 먹기만 할 수는 없는 노릇이다.
게다가 내 위의 용량은 그다지 크지 않다. 이곳에서는
커피면 충분하다.

704호, 1302호, 1408호는 지금 즉시 1층에 있는 교육

관으로 와주시기 바랍니다. 잠시 후에 교육이 진행될 예정입니다.

카페 천장 구석에 달린 스피커에서 방송이 흘러나왔다. 그제야 나는 오전 일곱 시에 교육이 있다던 흰색 유니폼의 말을 떠올렸다. 반도 못 마신 커피를 남긴 채 카페를 나왔다. 아까워할 필요가 없는데도, 아깝다는 생각이 머리에서 떠나지 않았다.

1층으로 내려가자 먼저 와 있던 열댓 명의 노인들이 원망의 눈길을 보냈다. 불독처럼 입가가 처진 할멈은 대놓고 자기 팔목의 타이머를 가리키며 인상을 쓰기도 했다. 안에 있던 흰색 유니폼의 직원들이 지각한 사람들을 신속하게 자리로 안내했다. 세 사람이 자리에 앉자 강당의 불이 꺼지고 앞쪽의 스크린이 밝아졌다. 나는 눈을 가늘게 뜨고 화면을 응시했다. '국립존엄보장센터 안내'라는 글자와 함께 센터의 조감도가 펼쳐지고, 잔잔한 배경음악이 깔리며 성우의 목소리가 흘러나왔다.

세상에서 가장 존엄한 죽음을 맞게 될 당신, 힘겨운 오늘보다 고통 없는 내일을 꿈꾸는 당신, 우리는 그런 당신을 위해 당신의 죽음을 연구합니다. 당신의 죽음에 필요한 것이 무엇인지 고민합니다. 이곳은 저소득층 노인을 위한 국립존엄보장센터입니다.

이어 배경음악이 경쾌하게 바뀌며 센터의 연혁이 소개되었다. 어째서 관공서에서 만드는 동영상은 하나같이 붕어빵 틀에 찍어낸 것처럼 촌스러울까. 히터에서 뿜어대는 건조한 열기에 코가 답답하고 머리가 멍해졌다. 나도 모르는 새 잠깐 졸았는지 고개가 뒤로 젖혀졌다. 깜짝 놀라 눈을 껌뻑이며 앞을 보니 구석에 서 있던 직원이 나를 은근히 노려봤다. 사나운 눈매와 다르게 입꼬리는 잘 만들어진 미소를 머금은 채여서 더 섬뜩해 보였다. 재빨리 화면으로 시선을 옮겼다. 영상에서는 대통령이 센터 내 식당에서 곰탕을 한 입 먹고 엄지손가락을 추켜올리는 장면이 나왔다. 대통령 주변을 둘러싼 사람들이 그의 엄지손가락에 경배하듯 일제히 손뼉을 쳤다. 이후에도 센터에 대한 자랑은 이어졌지만, 나는 히터 바람 때문에 콧구멍 속이 말라비틀어져 찢어지는 건 아닐까 하는 걱정뿐이었다.

돌연 배경음악이 사라졌다. 멍하니 눈만 뜨고 있는 사이 영상이 끝난 것이다. 불이 켜지고 갑작스러운 밝음에 느슨해졌던 수정체 주변 신경이 서서히 반응했다.

강당 앞에는 이동식 침대가 놓여 있었고, 그 위에는 실습용 마네킹이 누워 있었다. 마네킹 옆에는 하늘색 가운을 입은 남자 직원이 서 있었다. 흰색 유니폼의 여자가 강당 한구석에서 마이크를 잡았다.

　지금부터 공지사항을 말씀드리겠습니다. 각자의 타이머는 1분이 남은 시점에 알람이 울리게 설정되어 있습니다. 타이머가 0이 되면 하늘색 유니폼을 입은 직원이 객실 문을 노크합니다. 그러므로 알람이 울리기 전, 반드시 객실 안에서 대기해주시기 바랍니다. 직원이 노크를 두 번 하면 문이 자동으로 열립니다. 여러분은 놀라지 마시고 직원의 안내에 따라 지하 1층까지 엘리베이터로 이동하시면 됩니다. 지하 1층 안식의 방에 가시면 여기 보시는 바와 같이 침대가 놓여 있습니다. 직원의 안내에 따라 침대 위에 반듯이 눕습니다. 이때 긴장으로 인해 돌발행동을 하시는 분들이 간혹 계십니다. 구역감, 호흡곤란, 현기증 등의 증상이 나타나면 직원에게 양해를 구하고 잠시 동안 안정을 취할 것을 권장합니다. 침대에 눕게 되면 금속 벨트로 손목과 발목을 고정하게 됩니다. 차가울 수 있지만 전혀 아프지 않으니 놀라지 마십시오. 마지막으로 허리와 목까지 벨트로 고정시키고 나면 '안식을 주는 약'을 정맥에 주사하게 됩니다. (하늘색 유니폼이 황록색 액체가 든 주사기를 들어 보이고 주삿바늘을 마네킹의 팔뚝에 꽂는 시늉을 했다.) 다들 마취해본 경험이 있으실지는 모르겠지만, 마취를 할 때처럼 10부터 거꾸로 세어나가면 자신도 모르는 사이 영원한 잠에 빠져들게 됩니다. 이상으로 행동 요령에 대한 공지를 마치겠습니다. 감사합니다. 남은 시간 즐겁게 보내시길 바랍니다.

흰 유니폼과 하늘색 유니폼이 연극배우들처럼 단상 앞으로 나와 인사를 했다. 남은 시간 즐겁게,라니 처음에 안내했던 여자도 그랬던 걸 보면 별 의미 없는 센터의 공식 인사겠지만 은근히 부아가 났다. 자리에서 일어나자 굳었던 무릎에 통증이 왔다. 오른쪽 다리를 절뚝거리며 강당을 나오는데 배에서 꾸르륵하는 소리가 들렸다. 오랜만에 프렌치 레스토랑에 가서 크루아상에 어니언수프라도 먹을까 했지만, 아침부터 밀가루를 먹으면 속이 부대낄 것 같아 한식당으로 향했다. 날씨도 쌀쌀해졌는데 대통령이 먹었던 곰탕이나 먹을 요량이었다.

아이고, 여사님. 여기서 또 뵙네요.

식당에서 곰탕을 먹고 있는데, 정수리가 벌겋게 드러난 영감이 내 앞에 와서 말했다. 가슴을 보니 1408호라고 쓰여 있었다.

여사님은 이런 데 오실 분이 아닌 것 같은데.

1408호가 듬성듬성 빠진 이를 드러내며 웃었다. 상한 생선처럼 비릿한 입 냄새가 확 풍겨왔다. 나는 불편한 기색을 감추지 않으며 말했다.

이런 데 올 사람이 따로 있나요.

하기야……. 나도 이렇게 될 줄은 몰랐다우.

단추를 박아놓은 것처럼 옹색한 눈, 왼쪽으로 삐뚜름하게 휘어진 코, 절지동물처럼 주름 잡힌 입술. 아무리 좋게 봐주려 해도 1408호는 이렇게 될 수밖에 없는 관상이었다. 대놓고 싫은 기색을 보이며 무시했는데도, 그는 눈치 없이 내 앞자리에 앉았다. 오늘은 내 인생의 마지막 날이다. 아름다운 것만 보기에도 시간은 턱없이 부족하다.

입맛이 없네요.

나는 뚝배기에 숟가락을 꽂아둔 채 자리에서 일어났다. 음식을 남기고 나오는 것도 한 번이 어렵지, 여기 있는 동안 나는 '즐겁게' 지낼 권리가 있었다. 레스토랑의 모든 메뉴를 시켜 맛만 보고 고스란히 남긴다고 해도 나를 질책할 사람은 없다.

대각선 방향에 앉아 있던 베레모를 쓴 영감이 나와 눈을 맞추며 일어나더니 레스토랑 문을 열어줬다. 가슴에는 909라는 숫자가 새겨져 있었다. 내가 가볍게 고개 숙여 인사하자 웃음으로 화답하며 말을 건넸다.

햇살도 좋은데 산책이나 하실까요?

이 사람이라면 말이 통할 것 같은 느낌이었다. 눈썹이 진하고 코가 오뚝한 게 젊어서 바람깨나 피웠을 것 같은 인상이었지만 아무려나 상관없었다.

밖에 나가니 쌀쌀한 바람이 몸을 휘감고 지나갔다. 감기에 걸리려면 걸리라지. 커피를 마시며 내려다봤던 플라스틱 나무들이 플라스틱 향을 풍기는 것 같았다.

아깝네요. 909호가 나를 보며 말했다. 나는 고개를 옆으로 기울이며 그를 쳐다봤다.

이렇게 고우신 분이…… . 아까워요.

곱다는 말에 주책맞게 얼굴이 뜨거워졌다. 얼른 손바닥으로 볼을 감쌌다. 차고 쭈글거리는 손이 얼굴의 열을 금세 식혀주었다.

몇 시간이나 남으셨어요? 저는 세 시간 정도 남은 것

같습니다만.

세 시간이라는 말에 가슴이 철렁했다. 무슨 말을 해도 위로가 될 것 같지 않다고 생각하는데 정문 쪽에서 소란스러운 소리가 났다. 자연스레 시선이 그쪽으로 향했다. 하늘색 유니폼을 입은 남자 두 명이 노인 하나를 붙잡고 실랑이를 벌이고 있었다.

난 안 죽을래!

몸부림치는 노인은 가운이 풀어 헤쳐져 바람 빠진 풍선 같은 가슴이 훤히 드러나 있었다.

돈, 나 돈 낼 수 있어. 생존세든 사망세든 다 낼 수 있다니까. 우리 아들, 미국에 있는 우리 아들한테 연락하면 줄 거야.

할머님, 진정하세요. 아드님이 대납 거부하셔서 여기 오신 겁니다.

대납 거부라니. 입맛이 씁쓸했다. 차라리 자식이 없는 내 처지가 조금 낫다는 생각이 들었다. 노인이 하늘색 유니폼들에게 질질 끌려가는 걸 보면서, 나는 절대 저런 추한 꼴을 보이지 말아야겠다고 다짐했다. 그런데 노인 왼쪽에 있는 직원의 바짓단에 적갈색 얼룩이 묻어 있었다. 순간 피를 흘렸나 했는데 다친 데는 없어 보였다. 한눈에 보기에도 그 얼룩은 안에서 배어 나왔다기보다 밖에서 튄 것 같았다. 커피겠지. 커피라고 하기에는 너무 붉었지만 그냥 그렇게 생각하기로 했다. 딱히 중요한 일도 아닌데 괜히 신경이 쓰였다.

뭘 그렇게 보세요?

노인이 끌려가는 걸 보며 끌끌 혀를 차던 909호가 물었다. 나는 아무것도 아니라며 고개를 저었다. 909호가 한숨 섞인 말을 이었다.

생존세가 뭔지……. 저 젊었을 때부터 저출생 고령화 문제가 심각하긴 했지만, 돈이 없다고 죽어야 하는 세상이 올 줄은 몰랐습니다그려.

글쎄요. 그래도 전 나쁘지만은 않은 거 같아요. 어차피 더 산다고 좋은 꼴 볼 수 있는 것도 아니고, 주사 한 방에 편하게 죽으니까 고통스러울 일도 없고.

주사 한 방이 아니라면 어떡하시겠어요.

909호는 누가 옆에 있기라도 한 것처럼 목소리를 낮춰 말했다.

무슨 말씀인지…….

파충류의 눈알 같은 그 황록색 액체가 사람들이 생각하는 것처럼 잠들듯 편하게 죽여주는 약이 아닐 수도 있단 얘깁니다. 항간에는 흉흉한 소문도 돌구요.

소문이요?

국립존엄보장센터가 아니라 국립장기매매센터라
고……. 여기 온 노인들을 해부해서 멀쩡한 장기를 중
국에 팔고 있단 소문 말입니다.

설마요. 하루 이틀 있었던 법도 아니고, 생존세가 시
행된 지 삼십 년이 넘었는데……. 그런 일이 있다면 벌
써 문제가 되지 않았을까요?

그럼, 누가 이의를 제기하겠습니까? 죽은 노인들이
고통받으며 죽었다고 진술할 수 있겠습니까? 아님, 이
런 제도를 시행하고 있는 정부에서 이실직고를 하겠습
니까?

909호 입장에서야 세 시간 후 죽을 운명이니 불안한
게 당연했다. 하지만 그 불안이 나한테까지 전염되게
할 수는 없었다. 죽기 전에 알량한 데이트를 기대한 내
가 잘못이지.

죄송한데, 저는 피곤해서 좀 쉬어야겠어요.

잠깐만요. 불편하게 했다면 죄송합니다.

혈관이 무질서하게 튀어나온 손이 내 손목을 움켜잡
았다. 뿌리치려고 했지만 뿌리칠 수가 없었다. 마른 황

태처럼 거친 느낌이었지만 사람의 온기가 남아 있었기 때문이다. 그래, 어차피 세 시간밖에 못 사는 노인네 말동무나 해주자. 나는 고개를 끄덕였다. 그리고 조심스럽게 팔을 비틀어 잡힌 손목을 빼냈다. 그러자 909호가 이번에는 손을 잡았다. 움찔하고 놀라긴 했지만, 잡힌 채로 가만히 있었다. 그렇게 말없이 찬바람 부는 정원을 반 바퀴 정도 돌았을 때 909호가 멈춰 서서 말했다.

여사님, 제 방으로 함께 가주시겠습니까?

나는 너무 놀라 말이 나오지 않았다. 909호의 대담한 제안 때문이 아니라, 내가 내심 이런 제안을 기대하고 있었다는 사실에 놀랐다. 하지만 남자 냄새나 그리워하는 값싼 할망구로 보이고 싶지는 않았다.

사람 잘못 보셨어요. 저는 그런 사람 아닙니다.

그런 사람이 따로 있답니까.

909호가 나를 보며 희미하게 웃었다. 아까 내가 식당에서 한 말을 들은 모양이었다. 그는 마른 입술에 침을 바르며 덧붙였다.

이 나이에 방에서 무슨 대단한 일을 하겠습니까. 그저 죽기 전에 이런 분을 만난 것도 복이니 아무 방해꾼이 없는 데서 말씀이나 나누고 싶어서 그렇습니다.

생각해보니 젊은 사람도 아니고 다 늙어서 무슨 딴마음을 먹겠나 싶었다. 잠시 고민하는 척하다가 그러자고 했다.

방 안에 들어온 909호는 미니 냉장고에서 토마토주스를 꺼내주었다. 아무리 일흔이 넘은 늙은이들이라지만, 밀폐된 공간에서 남녀가 있으려니 어색한 긴장감이 감돌았다. 차라리 손을 잡고 산책을 하는 편이 나을 뻔했다고 뒤늦게 후회했다. 아까는 서글서글하게 얘기하던 909호도 얼굴이 뻣뻣하게 굳어서는 연신 타이머만 들여다봤다.

이럴 게 아니라, 식당에 가서 뭐라도 드실래요?

내가 물었다.

아니요. 지금 시간이 없습니다.

909호가 절박한 말투로 대답했다.

네? 아직 세 시간이면 충분히 식사할…….

그때 삐삐삐, 하는 알람 소리가 울렸다.

이게 무슨 소리죠?

죄송합니다. 제가 거짓말을 했습니다.

909호가 내게 고개를 숙였다. 귀를 찌르는 소리가 멎자 909호 팔목의 숫자가 00:01:00으로 반짝이다가

00:00:59로 바뀌었다. 무슨 상황인지 파악한 순간, 두 번의 노크 소리가 들렸고 문이 열렸다. 직원들은 나를 없는 사람 취급하며 909호를 밖으로 데려갔다.

나는 복도로 쫓아나가 그가 끌려가다시피 엘리베이터 앞으로 가는 것을 지켜봤다. 엘리베이터 문이 열릴 때 909호가 소리쳤다.

제 이름은 전형준입니다. 제 이름을 기억해주세요.

909호는, 아니 전형준은 자신의 이름을 남기고 사라졌다. 억울하다고도, 슬프다고도 할 수 없는 감정에 몸이 휘어졌다. 나는 왜 죽기 전날까지 타인에게 이용당하는가, 하는 냉소적인 질문과 오죽 외롭고 겁이 났으면 나한테 그랬을까 하는 동정심 사이의 온도 차가 나를 혼란스럽게 했다. 누구한테 사죄하는 것처럼 허리를 숙인 채 두 손을 모으고 눈물을 질금질금 흘렸다. 얼마나 그러고 있었을까. 떨리는 몸을 추스르며 방으로 돌아왔다. 방에 돌아오자마자 욕조에 물을 받았다. 대책 없이 손이 떨려 수도꼭지를 누르는 데 시간이 한참 걸렸다. 따뜻한 욕조에 잔뜩 웅크린 채 몸을 담그고 나서도 전형준이라는 이름이 뇌리에서 떠나지 않았다.

내가 죽기 전에 기억해야 할 이름이 고작 센터에 와

서 몇십 분을 같이 보낸 남자밖에 없다는 말인가. 전형준보다 소중하고 중요한 무언가를 생각해내려 했지만, 마땅히 떠오르는 것도 없었다.

나는 욕조에서 나와 샤워 타월로 몸을 감쌌다. 부옇게 김이 서린 거울에 흐릿한 그림자가 비쳤다. 손바닥으로 거울을 문지르자 늙은 여자의 초췌한 얼굴이 거울에 또렷이 나타났다. 무척 낯설어 보이는 얼굴이었다. 그러고 보니 최근에는 이렇게 환한 곳에서 거울을 본 기억이 없었다.

오랜만이네.

거울을 보며 말했다. 거울 속 여자가 쓴웃음을 지었다. 여자의 얼굴 근육이 보기 싫게 일그러졌다. 얼른 고개를 돌리고 욕실을 나왔다. 오늘은 인생의 마지막 날이니까, 아름다운 것만 보고 싶었다.

몸에 남아 있는 물기를 구석구석 닦아내고 다시 옷을 입은 다음 침대에 누웠다. 은색 벽시계는 열한 시를 가리키고, 손목의 타이머는 17:55:24를 지나고 있었다. 열여덟 시간을 일직선으로 늘어놓는다면 대략 어느 정도의 길이를 갖게 될지 도통 가늠이 되지 않았다. 깨끗하게 세탁된 시트에서 오랫동안 느껴보지 못했던 안온함이 배어 나왔다. 스르륵 눈이 감겼다.

다음 날 새벽. 노크 소리에 눈을 떴다. 두 번의 노크에 방문이 저절로 열렸다. 하늘색 유니폼을 입은 두 명의 남자가 안으로 들어왔다. 어제 909호를 데려간 사람들 같기도 했지만 확신할 수는 없었다. 나는 얌전히 그들을 따라 지하로 내려갔다. 그들이 안식의 방이라고 부르는 곳에 들어가자, 역시 유니폼을 입은 근엄한 표정의 남자가 나를 기다리고 있었다. 그를 보자 몹시 갈증이 났다. 입 안은 마른 낙엽처럼 바싹 말라 부스러질 것 같았다. 하지만 물을 달라는 말조차 나오지 않았다.

나는 수술대처럼 생긴 철제 침대 위에 누웠고, 목, 손목, 허리, 발목에 차례로 금속 벨트가 채워졌다. 긴장하지 마세요. 하늘색 유니폼이 내 어깨에 손을 올리며 말했다. 그가 들고 있는 건 황록색 앰풀이 채워진 주사기가 아니라 날카롭게 반짝이는 메스였다. 할머니치고는 예쁘시니까 특별히 공들여 죽여드릴게요. 남자가 가지런한 이를 드러내며 웃었다. 목덜미에 선뜩한 느낌이 들었고, 새빨간 피가 하늘색 유니폼에 흩뿌려졌다.

눈을 떴다. 꿈이었다. 심장은 아직 살아 있다는 걸 증명하듯 거세게 요동치고 있었다. 한동안 거친 호흡이 이어졌다. 등 아래 시트는 내가 흘린 땀으로 축축하게 젖어 있었다. 피부에 와닿던 메스의 감각과 사방으로 튀던 피가 너무나 생생해서 꿈이라는 생각이 들지 않았다. 909호에게 괜한 말을 들어서 악몽을 꾼 것이다. 아무리 그래도 나라에서 운영하는 공공기관인데, 사람을 칼 따위로 고통스럽게 죽일 리가 없지 않겠는가. 무엇보다 지금 와서 의심한다고 해도 내 힘으로 바꿀 수 있는 건 없다. 익숙한 열패감과 좌절감이 나를 덮쳐왔다. 소리를 지르고 싶었지만 입술 안쪽을 씹으며 참았다. 어찌나 세게 물었는지 피 맛이 났다. 문득 정신을 차리고 보니 손톱으로 침대 시트를 쥐어뜯고 있었다.

방 안에 있다가는 죽기 전에 정신이 이상해질 것 같아 주머니에 안내장을 접어 넣고 밖으로 나왔다. 센터를 천천히 둘러볼 생각이었다. 입맛은 전혀 없으니 2층 식당가는 건너뛰기로 하고 3층에 있는 피트니스 센터로 갔다. 운동하는 사람은 아무도 없었다. 나는 러닝머신 앞으로 갔다. 30년 전 주상복합 아파트의 피트니스 센터에 있던 것과 같은 모델이었다. 아마 센터를 설립할 때 들여놓고 그대로 방치한 거겠지. 애당초 죽을 날을 하루 앞둔 노인 중에 운동할 사람이 있다고 생각하고 이런 공간을 배치한 걸까. 진심으로 궁금했다.

나라도 멍청한 그네들의 기대에 부응해야겠다는 생각에 러닝머신 위에 올라갔다. 3km/h라고 쓰여 있는 버튼을 눌렀다. 늙은 말처럼 힘없는 소리를 내며 러닝머신이 작동하기 시작했다. 조금 걸었는데도 숨이 가빠졌다. 겨드랑이에는 땀이 차올랐다. 두근두근 심장이 뛰었다. 그러자 점점 마흔둘의 나로 돌아가는 기분이 들었다. 6.5 km/h에 속도를 맞추고 신형 워킹슈즈를 신고 힘차게 팔을 흔들며 빠른 걸음으로 걷던 내 모습이 생생하게 되살아났다. 귀밑머리를 타고 흐르던 땀방울과 걸을 때마다 찰랑찰랑 흔들리던 포니테일까지. 움푹 꺼진 볼을 타고 눈물이 흘렀다.

나는 STOP 버튼을 누르고 러닝머신에서 내려왔다. 그러다 현기증이 나는 바람에 그 자리에 주저앉았다. 손바닥으로 닦아내도 눈물은 쉽사리 멈추지 않았다. 어느 정도 진정이 되고 나서 5층으로 올라갔다. 공연장에서 음악이나 들을 생각이었다. 그런데 공연장 문은 굳게 닫혀 있었고, 그 앞에는 '콘서트홀―공연 없음'이라는 표지판이 서 있었다. 아크릴판 사이에 끼워진 종이는 써 놓은 지 오래된 것처럼 누렇게 색이 바랜 상태였다. 어쩔 수 없이 전시장으로 걸음을 옮겼다. 30평 정도의 아담한 전시장에는 고흐의 〈별이 빛나는 밤에〉와 〈해바라기〉, 클림트의 〈키스〉, 모네의 〈수련〉, 뭉크의 〈절규〉, 샤갈의 〈푸른빛의 서커스〉 등 이름만 들어도 알 만한 그림들의 모조품이 맥락 없이 전시되어 있었다. 값싼 광택이 흐르는 모조지 위에 프린트된 그림들을 보고 있자니 존엄한 죽음도 가짜일 수 있겠다는 생각이 스쳤다. 기분이 나빠져서 서둘러 전시장을 나왔다.

이제 내게 남은 시간은 열다섯 시간이었다. 나는 주머니에 있던 안내장을 펼쳤다. 그럴듯하게 사진까지 박아놨지만 카페나 식당 말고는 내가 본 게 전부였다. 헛웃음이 나왔다. 이럴 바에야 남은 시간 동안 마음 졸이며 죽음을 기다리느니 빨리 죽는 편이 나을 것 같았다.

1층 안내데스크로 내려갔다. 안내데스크에는 두 명의 여직원이 승무원처럼 단정하게 머리를 올리고 앉아 있었다. 얼굴이 보름달처럼 둥글고 순한 인상 쪽으로 다가가다가 주춤했다.

잘하는 짓인지 확신이 들지 않았다. 나는 인생의 중요한 갈림길에서 올바른 선택을 한 적이 거의 없었다. 머뭇거리고 있는데 보름달이 자리에서 일어나 내게 다가왔다.

704호 님, 무슨 일 있으세요?

아, 아니요. 아무것도…….

필요하신 사항 있으시면 언제든지 말씀해주세요.

어정쩡한 인사를 하고 돌아서는데, 뒤통수에 틀에 박힌 인사가 박혔다.

그럼 남은 시간 즐겁게 보내시길 바랍니다.

그 순간이었다. 나는 이곳에서 남은 시간은 절대로 즐거울 수 없다고 확신했다. 다시 뒤를 돌아 안내데스크에 바짝 다가섰다.

저, 사실은 이걸 좀, 앞당길 수 있나 해서요.

타이머를 가리키며 말했다.

리셋 말씀이시군요. 이쪽으로 오세요.

보름달이 그믐달 같은 미소를 지으며 내 허리에 가볍게 손을 얹어 안내데스크로 이끌었다. 그러고는 방에 비치되어 있던 것과 같은 안내장을 펼쳐 보였다.

여기 보시면 리셋 방법이 설명돼 있는데요. 방에서 자동으로 설정하실 수 있습니다. 방 전화기의 9번을 누르시고 본인이 원하는 시각을 입력하신 다음에 별표를 누르시면 됩니다.

제가 직접 해야만 하나요?

죽을 시간을 앞당기고 싶긴 하지만, 내 손으로 버튼을 누르는 건 또 다른 문제였다. 곤란한 표정이 얼굴에 드러났는지 보름달이 이해한다는 표정을 지으며 말했다.

물론 저희가 해드릴 수 있습니다. 원하시는 시간을 말씀해주시겠어요? 아님, 천천히 생각해보시겠어요?

5분 후로, 해주세요.

지금부터 5분 후, 14시 29분 맞으십니까?

네.

그럼 그렇게 설정해놓겠습니다. 혹시라도 5분 이내에 마음이 변하시면 바로 저희한테 와주시거나 전화기에서 0번 누르고 리셋 취소하겠다고 말씀해주세요. 704호님께서는 남은 시간을 자유롭게 보낼 권리가 있으시니까요.

나는 자유롭게,라는 말의 모순을 지적하지 않았다. 그저 고개를 끄덕이고 뒤를 돌아서 여왕처럼 걷기 시작했다. 평생을 수동적으로 살아왔는데, 마지막 순간만큼은 능동적으로 대응했으니 스스로 칭찬해줄 만하다고 생각했다.

방으로 돌아와 물을 한 잔 마시고 거울을 보며 머리

를 매만지는데, 삐이 하는 소리가 길게 울리며 타이머의 숫자가 전부 0이 되었다. 동시에 문밖에서 노크 소리가 들렸다. 그들을 맞이하기 위해 침대에 앉아 등을 꼿꼿이 폈다. 나는 주사 한 방으로 죽을 것이다. 고통 없이 편안하게. 마지막까지 존엄을 유지하며.

다이웰 주식회사

1

아직도 이들을 좀비라고 부르십니까? ACAS(Acquired Cardiac Arrest Syndrome), 후천성 심정지 증후군은 질병입니다. 심폐기능은 정지되지만, 뇌가 완전히 소멸될 때까지 식욕만 남은 상태로 살아가야 하는 감염자들. 안타깝게도 아직 이들을 위한 치료방법은 없습니다. 감염자들을 위한 국가공인 안락사 기관 다이웰. 후천성 심정지 증후군으로 고통받는 소중한 이에게 편안한 죽음을 선사합니다. 안락사는 다이웰, 주식회사 다이웰. 지금 바로 전화하세요.

다이웰 주식회사의 광고는 매일 아침 7시 49분, 아침 드라마가 시작하기 전에 나온다. 엄마는 오늘도 인형극을 보는 아이 같은 표정으로 화면을 들여다보고 있다. 제발, 오늘은 그냥 넘어가기를. 건조한 목소리의 성우가 계약 약관과 주의사항을 읽어주는 동안, 나는 전기밥솥 안에서 반쯤 말라붙은 밥알을 입 안에서 굴렸다.

"정말 감염자들이 물려고 하지 않아?"

엄마가 물었다. 그럼 그렇지, 그냥 넘어갈 리가 있나. 딸을 걱정해주는 엄마 역할을 하는 것도 엄마의 단조로운 일과에 포함되어 있을 텐데.

"네."

"전염될 걱정도 없고?"

"그럴 일은 없어요."

광고에서 나온 대로 아직 치료제는 개발되지 않았고, 감염자들에게 주사하는 PL-1은 감염억제제로 전염성을 없애줄 뿐이지만 엄마에게 구체적으로 설명해줘봤자 쓸데없는 질문만 늘어나게 된다. 어차피 엄마는 자기 자신 이외에는 관심이 없다.

"그래도 집에 들어오기 전에는 구석구석 잘 털고 들

어오는 거 잊지 말고. 알았지?"

"네."

"아, 정말 용케 오래 다니네. 나 같으면 징그러워서 하루도 못 견딜 거 같아."

엄마는 못하겠지. 엄마는 고상하고 우아한 것만 보고 살아야 하니까. 하지만 나는 해야 해. 우리 회사 직원들조차 사형집행인이라고 꺼리는 일을 해야만 한다고. 엄마의 품위를 유지하려면, 아니 당신의 허영심을 충족시키려면 다이웰 주식회사에서 주는 월급 270만원이 필요하니까. 물론 당신한테는 턱없이 부족한 돈이겠지만 말이야.

목으로 넘어갔던 참치가 시큼하게 넘어왔다. 구역질을 참으며 밥그릇과 참치캔을 집어 들고 일어났다. 그리고 두 걸음밖에 안 되는 주방으로 가서 밥그릇은 개수대에, 참치캔은 재활용상자에 던져 넣었다. 쩔거덩 요란한 소리가 났지만, 엄마는 쇼팽이라도 듣는 얼굴로 잘게 썬 베이컨 조각을 포크로 찍어 입에 넣고 오물거렸다. 화사한 립스틱은 기본이요, 아이섀도에 마스카라까지, 목 위로만 보면 엄마는 영락없이 브런치를 즐기는 사모님이었다.

내 방으로 가서 옷걸이에 걸린 낡은 패딩을 걸쳐 입었다. 내 방이라고 해봐야 얇은 판자로 만든 미닫이문으로 칸막이를 해놓은 좁은 공간에 지나지 않았다. 게다가 미닫이문은 거의 열어놓기 때문에 실제로는 원룸에 사는 거나 마찬가지였다. 나는 엄마의 등 뒤로 아슬아슬하게 쌓여 있는 책들 중 한 권을 골라 가방에 집어넣었다.

"오늘은 무슨 책 볼라고?"

"변신."

흐응, 엄마가 잘 안다는 듯 콧소리를 냈다. 『변신』이 무슨 내용인지는커녕 작가가 누군지도 모르면서. 엄마는 십 년 전 돌아가신 아빠의 책을 읽기 위해서가 아니라 버릴 수 없기 때문에 가지고 있는 것이다.

2

엄마와 내가 사는 반지하 방은 산비탈에 있다. 다세대 건물 옆에는 오래된 게스트하우스가 있고, 뒤쪽으로는 작은 절이 있어 가끔씩 범종이나 목탁 치는 소리가 들리기도 했다.

삐걱대는 현관을 열고 밖으로 나오자 하얀 입김이 뿜어져 나왔다. 언덕길에는 아직 녹지 않은 잿빛 눈이 군데군데 눌어붙어 있었다. 밑창이 닳은 운동화 때문에 여차하면 미끄러져 나는 줄곧 바닥을 보며 걸었다.

언덕길을 반쯤 내려오다 아파트 단지 뒷문으로 들어갔다. 아파트를 가로질러 가면 광흥창역까지 빨리 갈 수 있기 때문이었다. 가끔 단지를 순찰하는 경비원이 대놓고 인상을 썼지만 상관없었다. 감정은 실용에 앞서지 못한다.

회사는 국회의사당 맞은편에 있었다. 광흥창역에서 버스를 타고 딱 두 정거장만 가면 되는 거리였다. 회사가 집에서 가깝다는 사실은 매운 낙지집에서 주는 박하사탕 정도의 위안거리였다. 사람들로 꽉 찬 버스에 올라타면, 나는 안면몰수하고 밖이 보이는 창가로 파고들었다. 차창으로 보이는 서강대교의 난간과, 그 밑으로 흐르는 한강을 보며 언젠가는 저 위에서 다이빙할 거란 생각을 하면 울렁이는 속이 조금은 진정되었다. 다이빙 포인트는 P19 지점이 될 것이다. 별다른 이유는 없었다. 딱히 19라는 숫자를 좋아하는 것도 아니고, 그냥 그즈음이 좋을 것 같았다.

회사는 국회 헌정기념관 맞은편, H카드 본사와 K은행 사이에 있었다. 5층짜리 은색 건물은 유난히 폭이 좁아 양옆의 건물 사이에 끼어 있는 것처럼 보였다.

  나는 정문을 통과하자마자 지하 1층의 라커룸으로 내려갔다. 직원들이 사용하는 라커룸은 양팔이 다 펴지지 않을 정도로 좁았다. 라커룸에서 유니폼으로 갈아입고 지하 2층의 내 사무실로 향했다. 아파트 경비실 두 배만 한 내 사무실에는 독서실처럼 책상 하나와 의자 하나가 놓여 있다. 중요한 건 사무실과 연결된 큰 방이다. 회사에서는 그 방에 '모르탈리스'라는 거창한 이름을 붙였다. 라틴어로 영원한 죽음에 이르게 한다는 뜻이라고 한다. 하지만 직원들은 그 방을 아무 수식어 없이 '그 방'이라고 불렀다. 그 방에 가려면 반드시 내 사무실을 거쳐야 한다. 그리고 내 사무실에 들어오려면 승인된 출입증이 필요하다. 그러니까 내 사무실은 그 방에 가기 위한 검역소 같은 곳이다.

  그 방의 벽은 통유리로 되어 있다. 회사에서는 그것을 감염자의 가족들이 환자의 편안한 마지막을 볼 수 있도록 배려한 장치라고 했지만, 실상은 2,450만원짜리 주사액이 잘 들어가는지 감시 혹은 증명하기 위한 장치에 불과했다.

나는 책상에 앉아 컴퓨터를 켜고 메일을 확인했다. 총무과에서는 아침 아홉 시 정각이 되면 오늘의 예약 일정을 보내주었다.

안녕하세요, 총무과 최연진입니다.
12월 5일(목) 예약 일정 보내드립니다.
10:30 이태준(58세, 남성)
16:50 박예지(14세, 여성)
문의 사항 있으시면 언제든지 회신 주세요.
감사합니다.

오늘은 두 명이다. 두 명이면 평소보다 많은 숫자다. 대개 하루 한 명이거나 간혹 한 명도 없는 날도 있었다. ACAS 감염률이 그다지 높지 않은 데다가(전체 인구의 0.4%, 아니 0.04%였나?) 안락사 비용이 2,450만원이나 되다 보니 감염자들을 안락사시키는 경우는 흔치 않았다. 그럼 뇌가 완전히 소멸되어야, 아니 적나라하게 말해 뇌가 박살이 나야 진짜 죽음에 이르는 감염자들을 어떻게 처리하냐고? 사회면에 야구방망이로 아버지의 머리를 내리친 아들에 대한 기사가 나오기도 했지만, 대부분은 천변에 몰래 내다버리곤 했다. 불법이라고 해도 실제로 살인죄가 적용되어 처벌받은 경우는 내가 아는 한 없었다. 6년 전 국회에서 ACAS 감염자에 대한 특별법이 제정되었지만, 산 자와 죽은 자의 경계에 있는 감염자를 위해 멀쩡한 이들이 기울이는 관심이란 표면적이거나 일시적인 것에 불과했다.

그나저나 열네 살짜리 여자애라니, 소란스러울 수도 있겠네.

가볍게 한숨을 쉬며 가방에서 『변신』을 꺼냈다. 그리고 한 장 한 장 찢었다. 손가락 끝에 온 신경을 집중해 책장이 찢어지는 감촉을 음미했다. 그레고르의 아버지가 갑충으로 변한 그에게 사과를 던지는 장면까지 찢었을 때, 머리가 덥수룩한 반백의 김영호 씨가 내 사무실로 들어왔다. 김영호 씨는 내가 안락사시킨 시체를 소각하는 일을 한다. 재빨리 책을 덮었지만 찢어진 책장들은 여전히 책상 위에 있었다.

"왜 멀쩡한 책을 찢어?"

김영호 씨가 물었다. 엄마를 찢을 순 없으니까요. 나

는 그의 질문에 대답하는 대신 억지웃음을 지으며,

"오늘 처리할 감염자는 두 명이래요."

라고 말했다. 김영호 씨는 무언가 더 말하려는 듯 주춤거리다가 알았다며 사무실을 나갔다.

3

10시 28분. 나는 감염자를 맞이할 준비를 하기 위해 그 방으로 들어갔다. 일본의 설치미술가 이소베 사다오에게 의뢰해 특별 제작한 그 방은 천장부터 특별했다. 그 방의 천장에는 푸른 하늘, 뭉게구름, 아기 천사 같은, 중세의 성당에나 어울릴 법한 미켈란젤로풍의 천장화가 그려져 있었다. 방 한가운데 있는 처치대는 금도금이 된 청동관처럼 화려했다. 뚜껑을 열고 감염자를 눕힌 다음 뚜껑을 닫으면 자동으로 손목과 발목, 허리에 금속 벨트가 채워졌지만, 가족들은 오직 감염자의 얼굴만 볼 수 있었다. 가장 중요한 헤드기어는 당연히 왕관을 본떠 만들어졌고 원격으로 헤드기어를 조작하는 콘솔도 오르간과 비슷한 느낌을 주었지만, 앰풀을 보관하는 냉장고만큼은 실험실에서 사용하는 평범한 냉장고였다.

나는 4℃로 유지되는 냉장고에서 파란색 앰풀을 꺼내 헤드기어의 원통형 홈에 밀어 넣었다. 딸깍, 소리가 나자 홈 안쪽의 파우더와 섞인 앰풀에 기포가 일어나며 녹색이 되었다. 혹시라도 앰풀이 반출되어 시중에 유통될까봐, 그러니까 직원들이 빼돌리는 일을 미연에 방지하기 위한 이중 장치인 것이다. 이것으로 준비 완료. 감염자를 관 속에 눕힌 후 콘솔에서 검은 버튼을 누르면 헤드기어가 감염자의 머리에 씌워지게 된다. 그러고 나서 녹색 버튼을 누르면 관자놀이 안쪽에 장착된 주삿바늘이 감염자의 뇌 깊숙이 파고들어 앰풀을 주입한다. 앰풀이 들어간 뇌는 45초에서 50초 사이에 가열한 콜라겐처럼 녹는다. 감염자가 영원한 안식을 얻는 순간이다.

방 안에 유머레스크가 울려 퍼졌다. 감염자가 들어온다는 뜻이다. 곧이어 유니폼을 입은 남자 직원이 이동식 베드를 끌고 왔다. 베드에는 한때 '이태준'이었을 감염자가 가운을 입고 누워 있었다. 흑자줏빛이 된 피부색, 벌어진 입 사이로 보이는 검은 혀. 저 정도 상태면 감염된 지 보름은 지났다는 얘기다. 창 너머에 남자의 부인으로 보이는 중년 여자와, 남자와 얼굴이 닮은 늙은 여자가 서 있었다. 중년 여자가 입은 패딩이 내 것만큼이나 낡아서 나는 그녀에게 묘한 동질감을 느꼈다. 직원이 베드 위의 감염자를 관 속에 눕히고 부드러운 동작으로 관 뚜껑을 닫았다. 그러고는 내가 감사를 표하기도 전에 도망치듯 방을 나갔다. 낯익은 얼굴이지만, 그는 내게 한 번도 인사를 하지 않았다. 나도 딱히 친해지고 싶은 생각은 없으니 잘된 일이다.

사실 김영호 씨를 제외하고 회사에서 내게 사적으로 말을 거는 사람은 없었다. 점심시간에 구내식당에 가도 직원들은 내가 앉은 테이블을 피해 앉았다. 김영호 씨만이 간혹 내 앞에 앉아 묵묵히 밥을 먹다가, 올해 중학생이 된 딸 이야기를 하곤 했다. 딸 이야기를 할 때면 나이에 비해 주름이 깊게 파인 그의 얼굴에도 온화한 빛이 번졌다.

유머레스크가 멈췄고, 나는 오른손을 가볍게 들어 창문에 얼굴을 바싹 대고 있는 여자들에게 시작한다는 신호를 보냈다. 늙은 여자가 잘 부탁한다는 듯 내게 고개를 숙였다. 중년 여자도 덩달아 고개를 숙였다. 나도 어정쩡하게 고개를 숙이고 콘솔 앞에 섰다. 벌써 24개월

째 해오는 일이었지만, 이 순간만큼은 도무지 적응되지 않았다. 여자들의 시선이 내 검지 끝에 쏠렸다. 나는 그들의 시선을 의식하지 않으려 애쓰며 검정 버튼을 눌렀다. 윙, 하는 금속성 소리가 나며 관 속의 감염자에게 헤드기어가 씌워졌다. 녹색 버튼에 손을 올린 순간, 늙은 여자가 떼쓰는 아이처럼 바닥에 주저앉아 울었다. 중년 여자는 유리창에 손을 짚은 채 서서히 허물어져 내렸다. 나도 모르게 턱 근육을 긴장시키며 녹색 버튼을 눌렀다. 45초가 지나는 동안, 일그러진 남자의 얼굴이 평온하게 바뀌어갔다. (고객들에게는 철저히 비밀로 하고 있지만, 앰풀에는 감염자의 얼굴 근육을 이완시키는 성분도 들어 있다.)

모든 과정이 끝난 후에도, 여자들은 선뜻 일어나지 못했다. 나는 창유리의 블라인드를 내렸다. 저들을 위로하는 건 내 업무가 아니다. 여자들이 가고 나면 김영호 씨가 이동식 베드를 끌고 와 감염자의 시체를 소각장으로 가져갈 것이다.

나는 귀에 이어폰을 꽂고 책상 앞에 앉아 누구의 방해도 받지 않고 책을 찢었다. 책 속에서는 등에 박힌 사과를 뽑지 못한 그레고르가 죽어가고 있었다. 마지막으로 작가 연보까지 찢어버리고, 양장본 껍데기를 도로 가방에 넣었다. 책장에 껍데기만 꽂아 놓으면 엄마는 책이 있다고 믿을 것이다. 대학 교수였던 아빠가 죽은 지 십 년이 지났지만, 여전히 아빠의 옷가지들을 끌어 안고 남편이라고 생각하는 것처럼.

아빠는 내가 고등학교 2학년 때, 산학비리에 연루돼 검찰 조사를 받다가 자살했다. 아빠의 자살은 여러모로 내게 충격을 주었다. 나는 아빠의 죽음 자체보다, 소심하고 겁 많은 아빠가 아파트 옥상에서 뛰어내렸다는 사실이 너무나 놀라웠다. 내게 있어 아빠는, 쉴 새 없이 흔들리는 불안한 눈동자를 두꺼운 갈색 뿔테 안경으로 숨기려던 사람이었다. 또 하나 충격적이었던 건 아빠가 뛰어내린 아파트가 할머니가 사는 아파트라는 사실이었다. 아빠는 생의 마지막 날, 할머니와 저녁을 먹었다. 그리고 엄마와 내게는 유서는커녕 작별인사를 담은 메모조차 남기지 않았다.

그렇게 갑작스럽게 아빠가 떠나고, 경제관념이라고는 없는 엄마가 모아둔 돈을 날리는 데는 2년도 채 걸리지 않았다. 더 이상 60평 아파트의 관리비를 감당할 수 없을 지경이 되었다. 이사를 가야 했지만, 엄마는 아빠의 물건, 특히 책과 옷을 하나도 버리지 못했다. 엄마는 책과 옷가지를 보관하기 위한 오피스텔과 우리가 들어가서 살 반지하방, 이렇게 두 곳을 계약하자고 했다. 우리가 오피스텔에 살고 책을 반지하에 두면 되잖아? 내 말에 엄마는 경멸하는 눈으로 나를 보았다. 그러면 책에 습기가 차서 안 돼. 책이 문제냐, 먼저 사람이 살고 봐야지. 화도 내보고 애원하기도 하고, 급기야 집을 나가겠다고 협박도 했지만, 엄마의 고집을 꺾을 순 없었다.

결국 우리는 반지하에 살게 되었다. 아빠의 책은 오피스텔을 채우고도 남아서, 우리는 반지하의 좁은 방구석에도 책장을 들여놓고 그것도 모자라 바닥에 책을 쌓아놓아야 했다. 아파트를 팔고 남은 돈은 내 대학 등록금과 오피스텔 월세, 그리고 엄마 입장에서 이 정도도 못하고 살면 안 되는 것들—주로 화장품이나 모자, 원피스 같은, 내 입장에서 보면 그 정도는 안 사도 아무 해가 없을 것 같은 물건들—에 대한 소비로 빠르게 소진되었다.

학교를 졸업하고 몇 군데 회사에 인턴으로 들어갔지만, 인턴 기간 3개월이 지나고 나면 그걸로 끝이었다.

다이웰 주식회사에서도 정직원은 시켜줄 수 없다고 했다. 그래서 2년 계약직으로 입사했다. 이달 말이면 계약이 만료되지만 아직 총무부에서 별다른 얘기를 듣지 못했다.

오후 4시 50분. 스피커에서 또다시 유머레스크가 흘러나왔다. 열네 살치고는 지나치게 왜소한 아이가 휠체어에 실려 방으로 들어왔다. 초등학생처럼 마른 팔다리 때문에 가운 사이로 봉긋이 솟아오른 젖무덤이 유난히 눈에 띄었다. 푸르스름한 여자애의 얼굴에서 눈에 띄게 부패한 곳은 없었다. 그러나 초점 없는 동공, 피가 터져나올 것처럼 새빨간 흰자위, 입에서 흘러내리는 끈끈한 침은 이 애가 감염자라는 사실을 명백히 드러내주었다.
휠체어를 미는 직원 옆에는 여자애의 부모가 바짝 붙어 있었다. 여자애의 엄마는 발목까지 내려오는 밍크코트를 입고, 호피무늬 손수건으로 연신 눈물을 닦아냈다. 그 애의 아빠는 짜증을 억누르듯 미간에 깊은 골을 만든 채 아내에게 뭔가 속삭였다.
헤드기어가 씌워지고, 절차에 따라 창밖의 부모에게 수신호를 보냈다. 여자애의 엄마가 주먹으로 창을 두

드리며 울었다. 여자애의 얼굴 근육이 이완되고, 가벼운 경련이 멈추자 엄마의 눈이 허옇게 뒤집혔다. 그 애 아빠는 실신한 아내의 겨드랑이에 손을 넣어 질질 끌고 나갔다. 블라인드를 내리려는데 대걸레처럼 복도 바닥을 쓸고 가는 그녀의 밍크코트 자락이 눈에 걸렸다.

시체를 처리하러 온 김영호 씨가 다른 때와 달리 여자애를 물끄러미 내려다봤다. 벌겋게 물든 김영호 씨의 눈이 물기로 번들거렸다.

4

여섯 시가 다 되어 퇴근 준비를 하는데, 김영호 씨가 주춤거리며 사무실 문을 열었다.

"소주나 한잔하자."

김영호 씨가 내게 이런 말을 한 건 처음이었는데, 너무나 뜻밖이었기 때문에 거절할 생각도 하지 못하고 고개를 끄덕여버렸다.

"옷 갈아입고 갈게요. 정문에서 봐요."

라커룸까지 계단으로 올라가며 후회했다. 역시 거절해야 했나? 흰머리가 많아 얼핏 보면 노인 같지만, 김

영호 씨는 아직 마흔넷, 딸 하나를 홀로 키운 지 십 년이
되어가는 남자였다. 아까 죽은 여자애를 보던 김영호
씨의 축축한 눈이 떠올랐다. 딸 또래의 여자애니까 그
러려니 대수롭지 않게 생각했는데, 다시 생각해보니 그
눈이 향하는 곳이 여자애의 가슴께였던 것 같기도 했
다. 엄마한테 급한 연락이 왔다고 할까. 거절할 핑계를
만들며 정문으로 갔다. 하지만 오리털이 듬성듬성 비어
져 나온 점퍼에 손을 넣고 있는 김영호 씨의 뒤통수를
보자 차마 매몰찬 말이 나오지 않았다.

"저 오래는 못 있어요. 어머니가 엄해서."

김영호 씨는 별다른 대답 없이 앞장서 갔다.

여의도 골목 사이사이를 돌고 돌아 들어간 곳은 동그
란 테이블이 다섯 개 있는 실내 포장마차였다.

"시현 씨 좋아하는 거 다 시켜. 오늘은 내가 살게."

김영호 씨가 나를 어찌해볼 것 같다는 느낌은 전혀
없었지만, 사람 속은 모르는 법이다. 나는 경계를 풀지
않고 물었다.

"저한테 무슨, 할 말 있으세요?"

"할 말은, 힘든 일 하는 사람들끼리 밥 한 끼 먹자는
거지."

주인아줌마가 비닐로 코팅된 메뉴판을 테이블 위에 올려놓았다. 나는 계란말이와 조개탕을 주문했다.

내가 소주 한 잔을 채 비우지 않은 동안 혼자서 소주를 두 병이나 마신 김영호 씨는 과장되다 싶을 정도로 긴 한숨을 내쉬었다.

"실은…… 우리 딸이, 이영이가 바이러스에 감염됐어."

그래서 여자애를 그런 눈으로 봤었나. 나는 김영호 씨에게 약간의 미안함을 느꼈다. 뭐라고 위로를 해야 할 텐데, 섣부른 말은 하지 않는 편이 나을 것 같았다.

"딸을 편하게 보내주고 싶은데, 내가 돈이 없으니까."

김영호 씨가 또 한숨을 쉬었다. 나는 모래가 씹히는 조개를 냅킨에 뱉어냈다.

"직원 할인 받아도 이천만원이 넘더라고."

이천만원, 누구에게는 코트 한 벌 값이겠지만, 김영호 씨나 나 같은 사람에게는 일 년 치 생활비를 훌쩍 넘는 돈이었다.

"그래서 말인데……."

여기까지 말한 김영호 씨가 입을 다물었다. 다음 말은 하지 않기를, 마음속으로 바라고 있었다.

"우리 회사에서 몰래 안락사시킬까 하고."

짐작했던 말이 끝내 그의 입에서 나오고 말았다. 지금이라도 자리에서 일어나자. 생각은 하면서도 나는 무기력하게 앉아 소주잔만 들여다봤다.

"딴 건 도와달라고 안 할게. 시현 씨 출입증만 빌려줘. 그게 있어야 그 방에 들어갈 수 있으니까, 그것만 빌려주면 내가 다 알아서 할게."

김영호 씨의 입에서 준비된 말이 쏟아져 나왔다. 여느 때의 느린 말투와 확연히 구분되는, 억지로 외워 온 대사처럼 연극적인 말투였다. 당연히 말도 안 되는 일이었다. 출입증을 잃어버렸다고 해도, 아니 김영호 씨가 내 출입증을 훔쳤다고 해도 그런 일이 일어난다면 나는 재계약이 되지 않을 것이다.

"죄송합니다."

김영호 씨에게 고개를 숙이고 포장마차를 나왔다. 그리고 버스 정류장으로 가는 대신 서강대교로 향했다. 겨울바람이 차긴 했지만, 못 견딜 정도로 춥진 않았다. 나는 빠르게 걸었다. 걷기라도 하지 않으면 내장이 타버릴 것 같았다. 아직도 어금니에서는 조개에서 나온 모래가 으지직거렸다.

김영호 씨가 상식을 모르는 사람일 줄은 몰랐다. 자본주의 사회에서 돈이 없으면 갖고 싶은 걸 갖지 못하고, 하고 싶은 걸 하지 못한다는 건 초등학생도 아는 상식이다. 그러니까 돈이 없으면 안락사를 포기해야 한다. 김영호 씨의 성격상 딸아이를 내다 버릴 것 같지는 않으니, 딸아이가 썩어문드러질 때까지 옆에서 지켜보든가, 아님 불법이라 할지라도 자기 손으로 끝내야 한다. 나한테 출입증을 빌려달라니, 그와 내가 그렇게 친한 사이였나? 설령 친하다고 해도 꺼내서는 안 될, 무리한 부탁이다.

내가 내뱉는 거친 숨소리를 들으며 걷다 보니, P19라는 표지가 나타났다. 나는 멈춰 서서 차가운 난간에 배를 대고 강물을 내려다봤다. 고요히 흐르는 검은 강물을 보자 마음이 가라앉기는커녕 내 인생은 왜 이리 엉망인가 싶어 속이 끓어올랐다. 차 속의 운전자 말고, 걸어서 다리를 건너는 사람은 나밖에 없었다. 힘껏 소리질러 뱃속에 차오르는 덩어리를 토해내고 싶었지만, 입에서는 짧은 감탄사조차 나오지 않았다. 소심한 아빠에게서 물려받은 유전자 탓이다. 아빠는 옥상에서 뛰어내리는 순간에도 입을 꾹 다물고 있었을 것이다. 그렇게 소심한 사람이 비리는 왜 저질렀을까. 아빠에게는 자멸, 혹은 자기 파괴 욕구가 있었을 것이다. 더는 견딜 수 없는 엄마를, 살아서 떠날 용기는 없으니 죽어서 떠나는 쪽을 선택한 것이 아닐까. 아무리 생각해봐도 그것 말고 다른 이유는 찾을 수가 없었다.

엄마가 자고 있기를 바라며 번호가 지워진 키패드를 눌렀다. 현관문을 열고 집 안에 들어서자마자 이마 위로 딱딱한 물체가 날아왔다. 책이었다.

"너 미쳤어? 이게 무슨 짓이야?"

엄마가 던진 책들이 내 얼굴에, 가슴에, 어깨에 맞고 발밑으로 떨어졌다. 『안나 카레니나』, 『죄와 벌』, 『오이디푸스』. 전부 내가 찢어버린, 딱딱한 표지만 남아 있는 책들이었다. 나는 엄마가 내게 책 껍데기를 던지는 상황보다 엄마가 책을 펼쳐보기도 한다는 사실이 더 놀라웠다. (내가 바라본 아빠와 엄마의 모습이란 찢어진 책장처럼 단편적인 것에 불과했는지도 모른다.) 그사이에도 책 표지가 끊임없이 날아왔다. 『데미안』, 『프랑켄슈타인』, 『파우스트』……. 더 이상 던질 책이 없자, 엄마는 내게 다가와 머리끄덩이를 잡았다. 힘으로만 겨룬다면 내가 이기겠지만, 저항하지 않고 엄마가 잡아 흔드는 대로 흔들렸다. 시끄러운 건 질색이었다. 하지만 엄마는 머리카락을 두 줌이나 뽑고 나서도 멈추지 않았다. 나는 양손을 뻗어 엄마의 손목을 꽉 쥐었다. 뼈가 그대로 드러난 손목이 시체처럼 차가워 엉겁결에 손을 놓았다. 엄마가 마른 주먹으로 내 등을 마구 때렸다. 이 사람은, 적당히,라는 걸 모른다.

"적당히 좀 하라고!"

나는 엄마를 밀치고 방으로 들어가 행거에 걸린 원피스들을 마구잡이로 헤집었다. 바닥에 떨어진 원피스는 밟아 뭉개고 손에 잡히는 건 다 찢어버릴 참이었다. 내가 꽃무늬 원피스를 쥐었을 때 엄마가 짐승처럼 달려들었다. 미친년. 원피스를 낚아챈 엄마는 욕을 내뱉고 꼴도 보기 싫다며 집을 나갔다. 코트도 걸치지 않고, 원피스만 품에 안은 채였다. 나는 엄마를 말리지 않았다. 그래 봐야 엄마가 갈 곳은 뻔했으니까. 책과 양복, 그리고 아빠의 유령이 깃들어 있는 오피스텔. 엄마는 거기서 며칠간 지내다 밥값이 떨어지면 이곳으로 돌아올 것이다.

헝클어진 머리를 손가락으로 대충 빗었다. 뭉텅뭉텅 빠지는 머리카락을 그러쥐고 욕실이라고 부르기도 민망한 공간으로 들어갔다. 한쪽 귀퉁이가 깨진 세면대에서 세수를 하고, 양말을 벗고 발에 물을 뿌리는 걸로 샤워를 대신했다. 그리고 방바닥 구석에 깔린 이불 속으로 들어가 눈을 감았다. 머리카락이 뽑힌 자리가 욱신거렸다. 눈에서 미지근한 물이 흘러나와 벌레처럼 관자놀이를 슬금슬금 기어갔다.

알람 소리에 눈을 떴다. 벌써 일곱 시가 됐나 했는데 알람이 아니라 벨 소리였다. 번호를 확인하지도 못하고 통화 버튼을 눌렀다. 수화기 너머에서 낯선 여자가 내 이름을 불렀다. 잠이 덜 깬 채로 네, 전데요,라고 대답했다. 여기는 ACAS 감염자를 위한 센텁니다. 한미경 씨 가족분 되시죠? 네. 관계가 어떻게 되십니까? 딸인데요. 한미경 씨가 지금 바이러스에 감염되셔서 센터에 계십니다. 여자의 목소리는 기계음이 아닌가 의심스러울 정도로 높낮이가 없었다. 나는 여자에게 센터의 위치를 묻고 삼십 분 내로 가겠다고 했다.

5

그으윽, 그으윽. 방구석에 앉아 있는 엄마의 신음소

리가 기괴한 리듬을 만들어냈다. 엄마의 입에서 흘러나온 침 때문에 눅눅한 지하방의 공기에 비릿함이 더해졌다. 회사에서 수많은 감염자를 봐왔으면서도 엄마에게 이런 일이 일어나리라고는 상상도 못 했다. 엄마의 고상함은 가짜 같아 보이긴 했지만, 더러운 바이러스가 범접할 수 있을 정도는 아니었다. 하지만 인정할 수밖에 없었다.

엄마는 감염자가 되었다.

수많은 의문이 머릿속에 들어찼다. 엄마가 어쩌다 감염됐는지, 김영호 씨의 딸과 우리 엄마가 감염된 게 과연 우연인지, 엄마가 감염자와 접촉할 일은 없었을 텐데 공기 중으로도 감염될 수 있다는 속설이 맞는지. 그렇다면 한 번도 집 앞에서 옷을 털고 들어오지 않은 내 탓인지. 하지만 공기 중으로 감염된다면, 나나 김영호 씨, 그리고 우리 회사 사람들이 먼저 감염됐어야 하는 게 아닌지.

마냥 엄마를 보고 있다고 해서 답이 나오는 건 아니었다. 내일 출근하려면 조금이라도 자두는 편이 나을 것이다. 나는 머리끝까지 이불을 뒤집어썼다. 이불에서 퀴퀴한 곰팡냄새가 났다. 눈꺼풀이 떨릴 정도로 눈을 꽉 감았지만 잠이 올 리가 없었다.

있잖아, 시현아. 사람이 죽으면 입이 벌어진다던데. 내가 죽을 때 꼭 옆에 있다가 내 입을 예쁘게 다물려줘야 해.

언젠가 엄마가 내게 했던 말이 떠올랐다. 엄마는 죽고 난 다음에도 자신이 아름답게 보이지 않을까봐 두려워하는 사람이었다.

다음 날 아침, 회사에 도착해 보니 사람들이 '그 방' 앞에 모여 웅성거리고 있었다. 무슨 일이냐고 물어보기도 전에 총무부장이 다가왔다.

"모르탈리스에 보안장치를 새로 설치할 거라 오늘 좀 어수선할 거야. 그나마 오늘 예약 손님이 없는 게 다행이지."

김영호 씨가 기어이 일을 저질렀구나. 내 생각이 얼굴에 드러날까봐 고개를 숙이고 사무실로 가는데,

"무슨 일인지 안 물어보나?"

총무부장의 목소리가 뒤통수에 와서 박혔다.

"무슨 일인데요?"

나는 억지로 궁금해하는 표정을 지으며 물었다.

"김영호가 어젯밤에 그 방에 몰래 들어가려고 스패너로 잠금장치를 내리찍었대. 자기 딸이 감염됐는데 안락사시켜주겠다고."

"그래서요?"

"그래서요는 무슨 그래서요. 경비업체에서 바로 출동해서 지금 철창 신세지."

"그럼 딸은요? 딸은, 어떻게 됐대요?"

"딸? 글쎄······. 누군가 소각장에 갖다 넣었다던데······. 무식한 아비 덕에 산 채로 통구이 된 거지, 뭐. 감염자를 산 사람으로 볼 수 있다면 말이야."

통구이라는 말이 목에 가시처럼 걸렸다. 목에서 신물이 올라왔다. 구역감을 참느라 눈에 눈물이 고였다.

"그런 줄 알고, 며칠은 시끄러울 거야. CCTV도 더 설치해야 하고, 시현 씨 출입증도 다시 제작해야 하고."

"알겠습니다."

"참, 시현 씨 이달 말이면 계약 종료지?"

"네."

무슨 말이 더 나오길 기대했지만 총무부장은 나를 위아래로 훑어보고는 돌아갔다. 나는 심문을 마친 용의자처럼 무거운 마음으로 사무실에 들어와 앉았다. 가방 안에는 무심코 넣어 온 책이 들어 있었다. 이제 책을 찢을 필요도 없는데. 입술 사이로 허탈한 웃음이 새어 나왔다.

엄마가 죽고 나면 책들은 중고로 팔아버릴 것이다. 옷도 전부 기증하고, 오피스텔도 처분하고, 욕조는 없더라도 샤워기는 제대로 달린 원룸으로 이사할 것이다. 인생의 다음 챕터로 넘어가는 것이다. 하지만 엄마는 아직 죽지 않았다. 엄마는 자신이 가장 혐오하던 몰골로, 살아 있지만 살아 있지 않은 형태로 삶이 끝나기를 기다리고 있다. 엄마가 주인공인 챕터는 결말이 정해져 있지만, 아직 끝나지는 않았다. 앞 장을 읽지 않고 다음 장으로 넘어갈 수는 없듯이 (책을 읽다가 중간에 건너뛰는 사람도 있지만, 나는 절대로 그럴 수 있는 사람이 아니다. 한 문장이라도 대충 넘어가면 꼭 다시 돌아와 꼼꼼히 읽어야 한다.) 엄마의 장을 완전히 마무리해야 내가 주인공인 장으로 넘어갈 수 있다. 아무리 난해한 문장으로 쓰여 있다고 하더라도 지금까지 인내하며 기다려온 것처럼 마지막 문장까지 읽어야만 한다.

엄마의 죽음으로 끝이 나는 챕터. 엄마라면, 이 구차한 생을 최대한 우아하게 끝내고 싶을 것이다.

우아하게? 어떻게?

답은 알고 있었다. 모르탈리스.

엄마에게 금도금 관이 어울린다는 생각은 진작부터—센터 대기실에 헝클어진 머리로 앉아 있는 엄마를 본 순간부터—했었다. 하지만 그걸 위해 포기해야 할 것들이 너무 많았다. 오피스텔의 보증금도, 통장에 남은 돈도, 심지어 이달 월급마저도 고스란히 회사에 갖다 바쳐야 할 판이었다. 그렇지만 다른 방법이 없었다. 엄마의 머리를 망치로 내리칠 수 있다면 몰라도, 그런 일은 불가능했다. 망치로 내리치는 상상이야 할 수 있지만, 실제로는 망치를 손에 쥘 수도, 아니 쳐다볼 수도 없었다.

6

토요일 아침이었지만 바쁘게 움직였다. 눈을 뜨자마자 오피스텔 임대인에게 전화를 걸었다. 갑작스러운 사정으로 집을 빼야겠다는 내 말에 임대인은 아직 계약 기간이 일 년도 넘게 남았다며 노골적으로 불쾌한 목소리를 냈다. 그쪽이 복비 부담해야 하는 거 알죠? 네. 그래요, 그럼 부동산에 얘기해놓을게요. 임대인이 시큰둥하게 말했다.

오피스텔은 선유도역에 있었다. 집주인만 믿고 기다릴 여유는 없었다. 오피스텔 근처 아무 부동산이나 들어가 사정을 말하고 집을 내놓았다. 네다섯 군데에 똑같은 이야기를 한 다음 오피스텔로 들어갔다. 헌 책 특유의 냄새를 풍기던 오피스텔에서는 비릿한 냄새가 났다. 피 냄새였다. 거실에 떨어진 핏자국을 따라 욕실로 가 보니 타일 바닥에 핏덩어리가 말라붙어 있었다. 핏덩어리 옆에는 엄마의 핸드폰이 떨어져 있었다. 엄마가 각혈하고 뒹굴다가 119에 신고를 한 모양이었다. 옷을 벗고 속옷만 입은 채 거실과 목욕탕 바닥을 청소했다. 그리고 땀 흘린 김에 샤워를 했다. 개운했다. 이런 상황에서도 몸은 개운함을 느끼는구나.

감정과 감각 사이의 괴리를 느끼며 거실로 나왔다. 책장 옆의 옷걸이에 걸린 엄마의 꽃무늬 원피스가 눈에 띄었다. 엊그제 싸우고 집을 나갈 때 엄마가 품고 갔던 원피스, 엄마의 마흔 살 생일에 아빠가 명품 매장에서 사준 옷이었다. 쉰 살이 넘은 엄마가 입기에는 지나치게 튀었지만 엄마는 특별한 날이면 꼭 이 원피스를 입었다. 나는 원피스를 돌돌 말아 가방에 넣었다.

오피스텔은 생각처럼 빨리 나가지 않았다. 부동산에 비밀번호도 알려줬지만, 보러 오는 사람이 통 없다고 했다. 역세권이라고 하기에 애매한 거리인 데다가, 연말이라 이사하려는 사람이 없다는 것이다. 임대인에게 보증금을 올리고 월세를 좀 낮춰달라고도 부탁해봤지만, 거절당했다. 임대인 입장에서야 계약 기간이 남았으니 아쉬울 게 없었다.

나는 매일 밤 불안함 속에서 엄마의 신음소리를 들으며 눈을 감았다.

일주일이 지났다. 오피스텔에 가서 책도 팔고, 아빠의 옷도 기증해야 한다는 생각이 들었지만, 퇴근하고 집에 오면 썩어가는 엄마를 씻기고 지켜보는 일 말고는 아무것도 할 수 없었다.

엄마의 피부는 회청색으로 변했다. 가장 큰 문제는 냄새였다. 겨울인데도 보일러를 틀지 않아서 피부의 부패는 더디게 진행됐지만, 내장이 썩어가는지 입에서 하수구 냄새가 났다. 비염이라 냄새를 잘 못 맡는 나한테 이 정도라면, 옆집 사람들이 알아차리는 것도 시간 문제였다. 마트에서 산 문풍지로 창문과 현관을 막았다. 그래도 안심이 되지 않았다. 4층에 사는 집주인이 알게 되면 당장 나가라고 할 것이다. 고민 끝에 편의점에 가서 100리터짜리 쓰레기봉투를 사왔다. 그리고 엄마에게 씌운 다음 입구를 잘 틀어막았다. 어차피 엄마는 숨을 쉬지 않으니까. 그런데도 비닐 안의 엄마를 보면 나쁜 짓을 하고 있다는 생각이 들었다. 엄마가 감염되기 전에는 엄마의 목소리를 듣지 않는 세상이 천국일 줄 알았는데, 나는 어느새 비닐 속의 엄마를 향해 얘기하고 있었다.

엄마, 내가 꼭 금도금한 관에 들어가서 죽게 해줄게.

얘는 천하의 한미경이가 겨우 금도금 갖고 되겠니? 금이라면 24K에 순도 99.9%는 돼야지.

금방이라도 엄마가 특유의 카랑카랑한 목소리로 말할 것 같았다. 아니 그렇게 말해주기를 나는 바라고 있었다.

엄마가 감염된 지 열흘째, 이제 슬슬 검은 반점이 보이기 시작했다. 어젯밤, 엄마를 씻기려 비닐을 벗기다가 머리카락이 손에 엉겨 붙는 바람에 두피가 떨어져 나갔다. 엄마의 정수리에 허연 머리뼈가 드러났다. 입가에 흐르는 침을 닦아내다가 아랫니 하나가 빠졌다. 뿌리가 다 삭아버린 누런 아랫니는 끈끈한 침 때문에 턱에 붙은 채로 있었다. 또 어디가 훼손될까 두려워 더는 씻기지 못했다.

감염 14일째, 우려하던 일이 벌어졌다. 아침에 출근하는데 건물 앞에 빗자루를 든 집주인이 건성건성 바닥을 쓸고 있었다. 안녕하세요. 삼키듯 말하고 지나치려는데, 집주인이 쌍꺼풀수술 한 눈을 크게 뜨며 내 앞을 가로막았다.

"102호, 요즘 예쁜 엄마가 통 안 보이네. 엄마 어디 갔어?"

"외국에 가셨어요."

오피스텔에 갔다고 하면 꼬치꼬치 물어볼 것 같아 대충 둘러댔는데,

"여행? 어디?"

집주인은 애당초 쉽게 물러날 생각이 없는 것 같았다.

"프랑스요."

엄마는 아빠와 신혼여행 갔던 니스를 죽기 전에 다시 가보고 싶다고 입버릇처럼 말했다. 나는 거짓말로라도 엄마를 프랑스에 보내주고 싶었다.

"프랑스?"

집주인은 못 믿겠다는 눈치였다.

"네, 그럼…….."

"아, 잠깐, 잠깐만. 내가 잔소리를 하려는 건 아닌데 쓰레기 좀 잘 치웠으면 해서."

"쓰레기 잘 버리는데요."

굳어버릴 것 같은 혀로 겨우 태연한 척 말했다.

"그래? 그 집에서 냄새가 나는 거 같던데……. 그럼 개수대 거름망은 잘 헹구나? 욕실 수챗구멍도 잘 닦아야 해. 가끔 락스도 부어주고."

"네, 더 신경 쓸게요. 저 회사 가봐야 해서."

집주인에게 고개를 숙이고 비탈길을 내려갔다. 갈비뼈가 부러질까 걱정될 정도로 심장이 뛰었다. 비염 때문에 냄새에 둔감했나? 포르말린에 넣어두면 감염자의 썩는 속도를 늦출 수 있다던데, 담가둘 데도 없거니와 포르말린 냄새 때문에 감염자가 있다는 사실을 들킬 확률이 더 높았다.

퇴근길에 100리터짜리 쓰레기봉투 두 묶음을 사 왔다. 여러 겹 씌워놓으면 냄새가 덜 새어나갈 것 같아서였다. 집 앞 골목으로 들어서는데, 장바구니를 들고 가는 집주인이 보였다. 그녀와 마주치지 않도록 걸음을 늦췄다. 그녀가 4층까지 다 올라갈 만큼 충분한 시간이 지나고, 건물 안으로 들어갔다. 그런데 집주인이 우리 집 현관에 귀를 대고 있었다.

"지금 뭐 하시는 거예요?"

속으로는 완전히 겁에 질린 채 큰소리를 쳤다. 물론 쓰레기봉투는 등 뒤로 숨겼다.

"아니, 안에서 무슨 소리가 들린 거 같아서. 집에 아무도 없는 거 맞지?"

"네, 잘못 들으신 걸 거예요."

노골적으로 싫은 얼굴을 하며 집주인을 노려봤다. 그러자 그녀는 어깨를 으쓱한 채 계단을 올라갔다.

집에 들어오자마자 엄마에게 다섯 겹의 쓰레기봉투를 씌우고 초록색 테이프로 입구를 단단히 봉했다. 오피스텔은 나갈 기미가 보이지 않는데, 엄마를 언제까지 쓰레기봉투 안에 넣어둘 순 없었다. 보증금으로 엄마를 안락사시킨다는 생각만 했지, 오피스텔이 나가지 않을 수도 있다는 생각은 미처 하지 못했다.

어쩔 수 없이 계획을 수정해야 했다. 김영호 씨가 택했던 길, 돈 없는 사람이 택할 수밖에 없는 길. 그래도 나는 김영호 씨보다 유리하다. 김영호 씨는 모르탈리스에 출입할 수 없었지만, 나는 가능하다. 나는 누구의 도움도 받지 않고 엄마를 안락사시킬 수 있는 위치에 있으니까.

엄마의 상태를 보면 내일이라도 당장 실행에 옮겨야 했지만, 그럴 순 없었다. 직원이 없는 새벽에 몰래 들어가 기계를 작동시킨다고 해도, CCTV에는 엄마와 내 모습이 남게 될 것이다. 그러니까 그 일을 하면, 더는 다이웰 주식회사에 다닐 수 없다는 얘기다. 월급날 전에 그런 일을 저지르면 월급이 나오지 않을 테니 월급날인 25일까지는 기다려야 한다. 자칫하면 도망자 신세가 될 텐데, 최소한의 생계를 유지할 돈은 마련해놓는 편이 나을 것이다. 다행스럽게도 이번 달 25일은 크리스마스라서 월급은 금요일인 22일이면 나올 것이다. 앞으로 6일만 더 견디면 된다. 6일 후면 엄마는 얼마나 더 자신의 모습에서 멀어질까.

나의 시간이 빨리 가기를, 그리고 엄마의 시간이 멈춰 있기를.

7

드디어 월급이 들어왔다. 오늘 저녁은 엄마와의 마지막 만찬이 될 것이다. 퇴근길에 집 근처 마트에 들러 한우를 샀다. 그리고 파프리카와 아보카도, 양상추와 그에 걸맞은 소스도 샀다. 오늘만큼은 엄마에게 근사한 저녁을 차려주고 싶었다.

한 손에는 마트 봉지를 들고 다른 한 손으로 현관문을 열었다. 여러 겹으로 싸여 불투명해진 쓰레기봉투 안에서 누에고치처럼 몸을 옹송그리고 앉아 있던 엄마가 봉지에서 나는 바스락 소리에 고개를 들었다.

"엄마, 한우 사 왔어. 엄마가 좋아하는 스테이크 해줄게."

쓰레기봉투에서 부스럭 소리가 났다. 엄마의 고개가 옆으로 살짝 틀어지며 난 소리였다. 혹시 내 말을 알아듣나 싶어 심장이 뛰었다. 감염자 중에는 드물지만 최소한의 의사소통이 가능한 경우도 있었다. 정확히는 아니더라도 몇몇 단어를 발음하거나 말을 알아듣는다는 것이다. 나는 쓰레기봉투를 뜯고 엄마의 얼굴을 마주 보았다.

엄마.

엄마아.

엄마아아.

몇 번이고 불러봤지만 엄마는 눈도 깜박이지 않았다. 쉐에엑, 쉐에엑, 엄마는 대답 대신 자전거 바퀴에 바람 넣는 소리만 냈다. 실망감과 안도감이 동시에 들었다. 이제 와서 의사소통이 가능하다고 해도 바뀔 건 없었다.

숨을 크게 내쉬며 자리에서 일어나 주방으로 갔다. 가스레인지 위에는 한동안 쓰지 않은 프라이팬이 놓여 있었다. 프라이팬에 기름을 살짝 두르고 아프리카 대륙처럼 생긴 고기를 올렸다. 고기가 구워지는 사이 채소를 씻으려는데 엄마가 비닐을 망토처럼 뒤집어쓴 채 가스 불 앞으로 달려들어 팬 위의 고기를 집었다. 어찌나 세게 움켜쥐었는지 고기에서 옅은 피가 배어 나와 진회색 손가락 사이로 흘렀다. 생고기가 엄마 입으로 들어 갔다. 내가 말리려고 하자 엄마는 나를 노려보며 괴성을 지르더니 방구석으로 갔다. 바닥에 쌓여 있던 책들이 엄마의 등에 부딪혀 무너졌다. 게걸스럽게 고기 씹는 소리가 방 안을 채웠다. 귀를 막고 싶었지만, 그 대신 파프리카를 집어 들었다. 파프리카를 크게 한입 깨물자 와삭

거리는 소리가 엄마의 고기 씹는 소리 위에 덧씌워졌다.

핏물이 떨어진 방바닥과 어질러진 주방을 정리하고, 내 방으로 가서 벌렁 드러누웠다. 방바닥의 냉기가 등뼈를 시리게 했다. 벽시계가 열 시를 가리키고 있었다. 아직은 연구동에 야근하는 사람들이 남아 있을 시간이었다. 아무도 없을 때 안전하게 가려면 새벽 두 시는 되어야 한다. 잠이 오지 않았지만 눈을 감았다. 배가 고팠다. 아보카도를 먹을까 생각해봤지만 미끈거리는 식감이 떠올라 그만두기로 했다. 자꾸 입 안에 고이는 침에서 파프리카 냄새가 났다. 침을 넘기는 목구멍이 잔뜩 부어오른 것처럼 불편했다. 힘겹게 침 삼키기를 반복하는 사이, 의식이 흐려지기 시작했다.

눈을 떴을 때는 새벽 한 시를 막 지나고 있었다. 슬슬 출발해도 괜찮을 것 같았다. 차가운 바닥에서 몸을 일으키자 허리에서 뚜둑 소리가 났다. 한 손을 허리에 받치고 부직포 옷장에서 꽃무늬 원피스를 꺼내 다른 한 손에 쥐었다. 그리고 서랍장에서 엄마의 팬티와 브래지어를 꺼냈다. 체구가 작은 엄마의 속옷은 여학생의 그것처럼 작았지만, 엄마의 인생처럼 낡아 있었다. 원피스와 속옷을 한 손에 들고 미닫이문을 열었다.

엄마는 비닐을 씌워놓지 않았는데도, 잔뜩 몸을 웅
크리고 방구석에 앉아 있었다. 나는 옷걸이에 원피스
를 걸고 엄마를 일으킨 다음 썩은 체액에 절은 옷을 벗
겨냈다. 쭈그러든 가슴, 엑스레이를 보는 듯 쇄골과 갈
비뼈가 여실히 드러난 상반신, 허벅지를 휘감고 올라와
빈약한 엉덩이에 엉겨 붙은 검은 혈관들. 형광등 불빛
아래 드러난 엄마의 몸은 참담했다. 나는 엄마의 살갗
이 뭉그러지지 않도록 조심스럽게 옷을 입혔다.

꽃무늬 원피스를 입은 엄마는 더욱 기괴해 보였지만,
애써 외면하며 앱으로 택시를 불렀다. 새벽인 데다가
가까운 거리라 그런지 한참 동안 잡히지 않다가 4분 거
리의 차에 호출 중이라는 메시지가 떴다. 지도가 뜬 핸
드폰 화면을 노려보던 나는 택시가 도착할 즈음 엄마를
부축해 집 앞으로 나갔다. 마침 택시가 골목으로 들어
와 멈췄다. 뒷좌석에 타려고 문손잡이를 당기는데, 문
이 열리지 않았다.

"아저씨, 문 좀 열어주세요."

조수석 창을 두드리자 문이 열리는 대신 창이 아래로
내려갔다.

"안 돼, 저 아줌마 감염자구만."

"아니에요, 문 열어주세요."

"아니긴 뭐가 아니야. 저 얼굴을 해가지고."

"PL-1 맞았어요. 태워주세요."

"안 돼, 냄새 나."

새벽부터 재수 없게. 택시 기사는 욕을 내뱉으며 가버렸다. 다른 택시를 부를까 했지만 마찬가지일 것 같아 이내 포기했다. 나는 택시 앱에 나타난 거리를 확인했다. 2.7킬로미터. 종종 걸어 다니던 거리가 아닌가.

나는 엄마와 함께 서강대교를 건너기로 했다.

8

서강대교 초입까지 오백 미터 남짓 걸어왔을 뿐인데도 등에서 진땀이 배어 나왔다. 근육도 없이 뼈에 가죽만 남은 엄마였지만, 어깨에 떠메다시피 하고 가려니 힘에 부쳤다. 지익지익, 구두 굽이 시멘트와 마찰하는 소리가 신경을 건드렸다. 엄마의 오른발이 바닥에 끌리는 소리였다. 자꾸만 뾰족해지는 신경을 누르기 위해 앞으로 나아가자는 생각에만 집중했다. 그러자 머릿속에 바다거북의 영상이 떠올랐다. 방금 알에서 깨어나 바다로 나아가는 새끼거북처럼 한 걸음 한 걸음, 오로지 다음 걸음만 생각하며 나아갔다. 다리 위에는 차들이 바람처럼 지나다녔다. 나도 저 자동차처럼 빨리 달릴 수 있다면.

패딩 안의 티셔츠는 땀으로 축축하게 젖었는데, 얼굴은 새벽바람에 떨어져 나갈 것처럼 얼어붙었다. 잠깐이라도 주저앉아 쉬고 싶었지만, 그랬다가는 영영 일어설 수 없을 것 같았다. 코가 매울 정도로 뜨거운 콧김이 콧구멍에서 뿜어져 나왔다. 하얀 입김에서는 단내가 났다.

문득 길 건너를 보니 안개 사이로 P19라는 표지판이 흐릿하게 보였다. 3분의 2 정도는 건너왔다는 의미다. 너무 빨리 마음을 놓은 걸까. 무릎이 꺾이며 발이 꼬였다. 그 바람에 엄마의 무게가 앞쪽으로 쏠렸고, 나는 등을 떠밀린 사람처럼 그대로 엎어졌다. 동시에 엄마도 바닥에 고꾸라졌다. 바닥에 먼저 내동댕이쳐진 쪽은 엄마였다. 그 위로 쓰러진 내 몸이 엄마의 왼쪽 다리를 깔아뭉갰다. 골반 밑에서 으드득하는 소리와 뭔가가 부러지는 느낌이 들었다. 튕기듯 몸을 일으켰지만, 이미 늦었다. 엄마의 다리는 이상한 각도로 꺾여 있었다. 찢어진 피부 사이로 진득진득한 피가 흘러나왔다. 나는 바닥에 주저앉아 부러진 다리를 맞춰보려 했지만 소용없었다. 엄마의 정강이뼈는 몸에서 완전히 분리됐고, 부패한 피부만 간신히 붙어 있는 상태였다.

좀 더 조심했어야 하는 건데.

아무리 자책해도 벌어진 일은 되돌릴 수 없다. 아빠의 죽음도, 엄마의 감염도, 부러진 다리도.

잠시 망설이다가 엄마의 부러진 발목을 두 손으로 그러쥐고 잡아당겼다. 피부가 젖은 휴지처럼 찢어지고 엄마의 종아리가 힘없이 떨어져 나왔다. 진득한 피가 바닥으로 길게 늘어졌다. 새끼거북의 대부분은 독수리나 까마귀밥이 되는데, 게다가 나는 지금까지 살면서 운 좋은 쪽에 속한 기억이 없는데, 어쩌자고 살아남는 5퍼센트가 될 거라 생각한 걸까.

엄마의 몸에서 떨어져 나온 종아리를 왼쪽 옆구리에 끼고, 엄마를 부축한 채 다시 걸었다. 그새 땀이 식은 등에서 자꾸만 소름이 돋았다. 허파에 피를 끼얹은 것처럼 숨을 쉴 때마다 목에서 녹슨 쇠맛이 났다. 갈증이 나고 숨이 점점 가빠졌다. 머릿속에서는 반지하방 뒤 절에서 울리던 범종 소리가 들렸다. 엄마의 종아리를 끼고 있는 왼쪽 팔 근육이 푸들거렸다. 팔꿈치에 힘을 줘 봤지만, 엄마의 종아리는 끝내 바닥으로 떨어졌다.

나는 걸음을 멈췄다. 그리고 허리를 굽혀 엄마의 종아리를 줍는 대신, 망가진 인형 같은 엄마를 난간에 기대어 앉혔다. 나도 엄마의 옆에 나란히 앉아 바닥에 떨어진 종아리를 보며 중얼거렸다.

저건 썩은 뼈와 살이야. 엄마랑 아무 관련 없는 부속품일 뿐이라고. 저걸 가지고 간다고 해서 달라지는 건 없어.

나 자신을 설득하는 데 얼마간의 시간을 소비한 후, 몸을 틀어 난간 사이로 흐르는 검은 강물을 바라봤다. 오늘도 강물은 얄미울 정도로 고요한 출렁임을 반복했다. 무릎으로 기어 바닥에 떨어진 엄마의 종아리, 아니 부속품을 잡았다. 흐릿한 눈을 끔쩍이며 억지로 몸을 일으키기까지 또다시 시간이 필요했다. 나는 허리까지 오는 난간에 기대어 팔을 뻗었다. 그리고 난간 아래로 그것을 떨어뜨렸다.

첨벙, 물결의 고요함을 가른 그것이 물속으로 가라앉았다. 물결은 금세 안정을 찾았지만, 내 마음은 갈수록 크게 요동쳤다. 그것을 던진 자리에 물고기 그림자들이 어른거리는 것 같았다.

하나의 미래

1

"낙태하러 왔는데요."

나는 되도록 담담하게 말했다. 이비인후과에 가서 편
도선이 부었는데요,라고 말하던 느낌을 되살려서.

"배우자분의 동의가 필요한 건 알고 계시죠?"

의사는 다정한 미소를 지으려 노력하고 있었다. 그녀
의 입술 주름을 따라 번진 립스틱이 눈에 거슬렸다.

"저 결혼 안 했고요. 강간당했어요."

의사가 이번에는 안타까움과 동정심을 담은 표정을

지었다. 이봐요, 동정할 필요 없어요. 거짓말이니까. 난 생처음 보는 산부인과 의사에게 사생활을 털어놓고 싶진 않았다. 진실은 이렇다. 나는 어제 구청에 이혼 서류를 제출했다. 그리고 동시에 내가 임신했다는 사실을 알았다.

"운이 좋으시군요. 마침 수술 환자 한 분이 방금 예약을 취소하셨거든요."

의사가 말했다. 일부러 이 변두리까지 찾아오길 잘했다는 생각이 들었다. 소변 검사와 초음파 검사를 한 다음 속옷까지 전부 벗고 초록색 수술복으로 갈아입었다. 그러고는 간호사를 따라 수술실에 들어갔다.

환한 조명이 켜진 수술실은 마트의 신선식품 코너처럼 냉기가 흘렀다. 간호사의 지시대로 수술대 위에 누워 맨발을 지지대 위에 올렸다. 간호사는 무심한 얼굴로 내 허벅지를 넓게 벌렸다. 개구리처럼 벌어진 다리를 보고 싶지 않아 눈을 돌리니 살벌한 회색 벽에 어울리지 않는 동그란 벽시계가 보였다. 뭉툭한 시곗바늘이 세 시 오십 분을 가리키고 있었다.

"그대로 계세요."

간호사가 내 옆에 와서 팔뚝에 링거 바늘을 꽂았다.

그사이 나는 이럴 거면 링거를 꽂고 나서 다리를 벌려도 되지 않나, 그런 생각을 했다.

"준비 됐습니다, 선생님."

간호사가 말하자 문이 열리고 의사가 들어왔다. 의사는 초록색 수술 모자와 수술복, 라텍스 장갑을 끼고 있었다. 그녀가 내 무릎에 가볍게 손을 올렸다. 친근감의 표시인 것 같았지만 라텍스의 감촉은 내게 그다지 위로가 되지 않았다.

"수술을 시작하겠습니다. 한 시간도 안 걸릴 테니 너무 걱정 마세요."

의사가 간호사에게 고개를 끄덕이자, 간호사가 바늘과 줄이 연결된 실리콘 부분에 주사기를 찔러 넣었다.

"십부터 일까지 거꾸로 세어보세요."

10, 9, 8, 7······.

명치끝에서 매캐한 느낌이 올라오면서 정신이 흐릿해졌다. 그리고 나는 마취 상태에 빠진······

줄 알았는데······ 맙소사, 숨을 쉴 수가 없었다. 아니, 먼지로 가득 찬 상자 안에서 숨을 쉬는 기분이었다. 컥, 컥, 텁텁한 먼지가 코와 입을 막아 기침조차 제대로 할 수 없었다. 당연히 눈을 뜰 수도 없었다. 가만, 이런 게 말로만 듣던 마취 부작용인가? 나, 죽는 거야? 안 돼. 난 아직 스물여덟 살이고, 이제 막 이혼했다고. 새로운 인생을 시작해야 한단 말이야!

[열한 시 방향에 헬멧을 착용하지 않은 여성 발견, 신속한 구조 바란다. 다시 한번 반복한다. 열한 시 방향에…….]

난기류를 만난 비행기 방송처럼 탁한 기계음이 들려왔다. 이어 자동차 브레이크 소리, 차 문이 여닫히는 소리, 사람의 발소리가 들렸다. 숨 참고 계세요! 하는 여자의 다급한 목소리도. 숨을 참으라고? 나는 숨 쉬려는 노력을 중단한 채 양팔로 어깨를 감싸고 몸을 잔뜩 웅크렸다. 먼지로 된 물속으로 가라앉는 느낌…….

얼마나 지났을까, 더 이상 숨을 참을 힘도 없었다. 폐가 조여들고 머릿속이 까만 종이처럼 균질한 암흑으로 빠져들어가던 순간 내 머리에 무언가가 씌워졌다. 제대로 된 산소가 코로 들어왔고 미친 듯이 기침을 하고 나서야 겨우 숨을 쉴 수 있었다.

"이봐요. 무슨 일이에요? 병원에서 탈출한 건가요?"

검은 헬멧, 윤기가 흐르는 검은 유니폼. 내 옆에 무릎을 세우고 앉은 여자는 슈퍼 히어로 영화에나 나올 법한 차림을 하고 있었다. 주변은 온통 모래폭풍이 부는 사막처럼 뿌옇게 흐려 앞이 보이지 않았다. 살을 엘 정도의 추위는 아니었지만 쌀쌀한 먼지 바람이 불어오자 무방비로 노출된 팔뚝에 소름이 돋고 몸이 움츠러들었다.

"집이 어디예요?"

여자가 물었다.

"양재동이에요."

"네? 몇 구역에서 왔어요?"

"뭔 구역요?"

"됐어요. 일단 PCC로 갑시다."

여자가 나를 부축해 일으켰고, 두어 걸음 걷자 유선형의 자동차가 눈앞에 나타났다. 이렇게 가까이 있었는데도 보이지 않았다니. 원래는 흰색이었을 자동차는 회색 먼지로 뒤덮여 있었다. 여긴 도대체 어디지? 두리번거리는 나를 여자가 차 안으로 밀어 넣었다.

"그런 차림으로 밖에 나오다니, 자살하려고 한 건가요?"

여자는 나를 비난하는 어조로 물었다.

"네?"

낙태는 하려 했지만 자살 따위는 꿈에도 생각하지 않았다.

"헬멧을 쓰고 다니지 않으면 미세먼지 때문에 질식한다는 걸 모르진 않을 테고, 그런 차림이라면 중금속에 오염됐을지도 몰라요."

여자의 얼굴은 헬멧으로 가려져 보이지 않았지만, 목소리만으로도 내가 한심해 죽겠다는 표정을 짓고 있다는 걸 알 수 있었다. 차차 호흡이 안정되었고, 이성을 되찾은 나는 이 상황이 수면 마취 상태에서 꾸는 꿈이라는 걸 깨달았다. 꿈이었다니, 불안하던 마음은 거짓말처럼 사라지고 피식피식 웃음이 나왔다.

여자가 나를 데리고 간 곳은 종합병원처럼 생긴 건물이었다. 여자가 아이언맨처럼 장갑 낀 손을 출입구에 가져가자 문이 열렸다. 안으로 들어가니 샤워실처럼 작고 하얀 방이 나왔다. 취익, 요란한 소리가 나며 강한 바람이 온몸을 때렸고 곧이어 위잉, 하고 거대한 진공청소기를 돌리는 것 같은 소리가 들렸다. 마블 CG 뺨치는 디테일에 시의적절한 음향효과라니…… 꿈이라고 하기에는 너무나 초현실적이고 SF적이고 무엇보다 정교했다. 나로 말하자면, 정교함과는 0.01퍼센트 정도의 관

계성을 갖고 있는 사람이었다. 남편은, 아니 전남편은 그런 나를 대충주의자라고 불렀다.

소음이 멈추자 여자가 헬멧을 벗었다. 나는 흠칫 놀랐다. 여자의 머리가 스킨헤드족처럼 반들반들했기 때문이다. 그나저나 이 여자 어디서 많이 본 것 같은데……. 어, 얼굴이 나랑 똑같이 생겼다. 도플갱어? 도플갱어를 보면 죽는다던데……. 아니, 이건 꿈이지. 그러니까 등장인물도 나랑 똑같이 생겼나 봐.

"먼지 제거가 끝났으니 헬멧을 벗으시죠."

나는 여자의 말대로 헬멧을 벗었다. 내 얼굴을 본 여자의 눈과 입이 동시에 위아래로 벌어지는가 싶더니 금세 태연한 얼굴로 돌아갔다.

"따라오세요."

장갑을 벗은 여자가 벽으로 다가가 은은하게 빛나는 푸른 부분에 손을 올렸다. 스르륵 문이 열렸다. 나는 그곳에 문이 있다는 사실조차 알지 못했다. 도대체 내 뇌 어디에 이런 상상력이 숨어 있었단 말인가? 그래, 수면 마취 때문에 잠재적인 창의력이 발현되는지도 모르지. 은근히 뿌듯한 마음으로 여자를 따라 방을 나왔다. 긴 복도가 이어졌고, 여자는 35347이라는 숫자가 쓰인 방

안으로 들어갔다. 하얀 방 안에는 하얀 테이블과 하얀
의자가 있었다.

"앉으세요."

여자의 말에 하얀 의자에 앉았다. 온통 하얀색이라
니, 이건 좀 상상력 부족 아니야? 나는 하얀 벽을 보며
보라색으로 바뀌라고 주문을 외워봤지만, 벽의 색은 그
대로였다. 눈이 시릴 정도로 하얀색. 수확이라면 그 하
얀 벽 상단에서 파랗게 빛나는 숫자를 발견했다는 것.

20520208. PM 04:09 WED

뒷부분은 시간과 요일이겠지만 그 앞에 2052 어쩌고
하는 숫자는 무슨 뜻인지 알 수가 없었다.

"저건 뭐죠?"

"뭐가 뭐냔 말씀이시죠?"

"저 숫자요. 20520208."

"정말 모르세요?"

"네, 잘 모르겠는데요."

"오늘 날짜잖아요."

"네?"

그러고 보니 오늘은 2월 8일이다. 2024년 2월 8일. 그럼 2052는 설마 2052년?

"아까 몇 구역에서 오셨다고 했죠?"

"구역? 구요? 서초구요."

내 대답에 여자의 표정이 일그러졌다.

"혹시 생년월일을 기억하십니까?"

"1996년 6월 16일이요."

"하, 1996년생이라고요? 지금 당신이 쉰여섯 살이라는 겁니까?"

"아뇨, 왜 나이를 배로 올리고 그래요, 당연히 스물여덟 살이죠."

여자의 얼굴이 더욱 구겨졌다.

"이름은요?"

"오하나요."

이름을 말하자 여자가 흠칫 놀라는 게 보였다.

"제 이름은 어떻게 아셨죠?"

"네? 당신 이름도 오하나라고요?"

아, 너무 생생해서 속을 뻔했다. 당연히 내 꿈속이니 여자의 얼굴도 나랑 같고, 이름도 나랑 같겠지.

"당연하죠. 여기 사는 여자들 이름은 다 오하나 아닌

가요?"

나는 서부영화 속의 악당처럼 하하, 억지웃음을 웃으며 말했다. 여자의 표정이 심각해지더니 손목에 있던 작은 스위치를 눌렀다. 샤오미 밴드를 차고 있나 했는데, 그보다는 훨씬 고급스럽고 정교(!)해 보였다.

— 오 경위님, 말씀하십시오.

"12구역 내 정신건강센터에서 탈출한 여성이 있는지 알아봐주세요. 20대 후반, 신원 미상, 단발머리입니다."

— 12구역에 그 요건에 부합하는 케이스는 없습니다.

지금 나를 정신병자 취급하나 본데, 12구역은 또 뭐람. 아무래도 이 여자 혼 좀 내줘야겠어.

"사라져라!"

나는 여자를 향해 손가락질하며 외쳤다.

"사라져라!"

다시 한번 외쳤다. 그래도 여자는 사라지지 않았다.

"35347방으로 와주세요. 코드 나인 상황입니다."

여자가 내게 혐오의 눈길을 보내며 말했다.

— 네, 알겠습니다.

"그거 나도 눌러봐도 돼요?"

내가 여자의 손목에 손가락을 가져가자 여자가 화들

짝 놀라 뒤로 물러났다.

"에이, 피하지 말고 가만있어요. 내가 이 세계의 왕인데."

나는 의자에서 일어나 여자에게 다가갔다.

"멈춰!"

여자가 허리춤에서 총을 뽑아 내게 겨눴다. 실제로는 한 번도 본 적이 없지만—그리고 여자가 손에 쥔 건 내가 알고 있는 권총하고는 상당히 다르게 생긴 은색 물체였지만—그건 분명 총이었다.

"내가 그딴 걸 무서워할 줄 알아요? 그거 총 맞죠? 나한테 줘봐요."

"움직이지 마. 쏜다."

여자의 이마에서 땀이 흘러내렸다. 머리카락이 없으니 그대로 두면 눈으로 바로 들어갈 것 같았다. 따가울 텐데.

"거기, 땀 좀……."

"움직이지 말라고!"

그 순간 방문이 열리고 머리를 민 남자 두 명이 들어왔다. 레슬링 선수들처럼 어마어마한 덩치였다.

"어, 여기는 민머리가 유행인가 보죠? 이 아저씨는

뒤통수가 납작하네. 어릴 때 엄청 순둥이였나 보다."

내가 건들거리는데 남자들이 양쪽에서 팔을 잡았다. 힘이, 장난이 아니었다. 다리가 땅에서 번쩍 들렸다.

"이거 뭐야, 놔! 놓으라고!"

다리를 허공에서 버둥거리며 소리를 지르는데……

세상이 확 뒤집히는 느낌이 났다. 아니 뒤집힌다기보다는 몸 전체가 뜨뜻미지근한 막에 둘러싸였다가 빠져나오는 쪽에 가까웠다. 기억은 안 나지만 엄마의 자궁 속에서 막 빠져나온 느낌이랄까…….

눈을 떠 보니 나는 차가운 수술대 위에 누워 있었다. 수술이 끝났나?

의사가 내 무릎에 손을 가볍게 올렸다. 여전히 깨끗한 라텍스 장갑을 끼고 있었다. 수술이 끝났는데 왜 새 장갑을 꼈지? 뭔가 후처리가 남았나? 근데 정말 하나도 안 아프네. 안 아픈 정도가 아니라 아무 느낌이 없어. 이 의사, 숨은 명의 같은 거였나?

"수술을 시작하겠습니다. 한 시간도 안 걸릴 테니 너무 걱정 마세요."

의사가 내게 말했다. 뭐라고?

내 옆에 대기하고 있던 간호사가 바늘과 줄이 연결된 실리콘 부분에 주사기를 찔러 넣었다. 세 시 오십 분을 가리키는 벽시계가 보였다.

"십부터 일까지 거꾸로 세어보세요."

뭐야? 나 겨우 몇 초 동안 기절했었던 건가? 의사에게 물어보려 했지만, 생각은 목소리가 되어 밖으로 나오지 못하고 대신 눈앞이 점점 흐려졌다. 그리고……

젠장, 숨을 쉴 수가 없었다. 또다시 먼지 구덩이에 빠진 것이다. 어찌 된 일인지는 몰라도 마취 부작용이 아닌 것만은 확실했다. 나는 본능적으로 숨을 참았다.

[열한 시 방향에 헬멧을 착용하지 않은 여성 발견, 신속한 구조 바란다. 다시 한번 반복한다. 열한 시 방향에…….]

한 시간 전에 들었던 것과 똑같은 기계음이 들렸고, 자동차 소리, 발소리, 숨 참고 계세요! 하는 여자의 목소리. 모든 게 반복 재생하는 동영상처럼 똑같이 흘러갔다. 더 이상 숨을 참을 수 없을 즈음 철컥, 내 머리에 헬멧이 씌워졌다. 나는 물속에서 나온 사람처럼 격하게 숨을 들이쉬었다.

"이봐요. 무슨 일이에요? 병원에서 탈출한 건가요?"

내 앞에 다시 나타난 슈퍼 히어로가 똑같은 대사를 내뱉었다.

그때였다. 나는 이 상황이 꿈이 아니라는 걸 직감했다. 여자는 나를 부축해 차에 태웠고, 몇 구역에서 왔느냐는 질문을 했고, 자살할 생각이었냐고 질책했고, 그런 차림으로 다니다간 중금속에 오염될 수 있다고 이야기했다.

모든 게 한 시간 전과 똑같이 흘러가고 있었다. 이게 꿈이 아니라면 여기는 어디지? 여자는 왜 내 도플갱어 같은 얼굴을 하고 있는 거고? 애당초 나는 왜 여기에 오게 된 거야? 검정 대시보드 위의 반투명 계기판, 여자가 입은 반짝이는 재질의 유니폼, 그리고 안개처럼 세상을 뒤덮고 있는 회색 먼지들⋯⋯. 앞 유리창의 와이퍼가 움직일 때마다 회색 먼지가 막 뿜어져 나오는 솜사탕처럼 허공으로 흩날렸다. 너무나 비현실적인 공간이었다. 정말 꿈이 아닐까? 나는 손톱을 세워 팔뚝을 할퀴었다. 하얀 피부가 빨갛게 부풀어오르고 상처 한가운데서 피가 배어 나왔다. 아프다. 눈물이 찔끔 나올 만큼.

"지금 뭐 하시는 거예요?"

여자가 나를 보고 외쳤다.

"어…… 그게……."

꿈인지 아닌지 확인 중이라고 말할 수는 없었다. 그렇다면 그 병원 같은 건물에 들어가자마자 덩치 좋은 민머리 두 명이 나타나 나를 어디론가 끌고 갈지도 모르는 일이다. 쯧, 여자가 혀를 차는 소리가 헬멧 밖으로 새어나왔다. 반투명 계기판 상단에 하얗게 빛나는 숫자가 보였다. 20520208. 15:57. 오늘 날짜잖아요. 여자의 말이 귓가에 떠올랐다. 설마, 내가 2052년도로 왔다고? 28년 후의 세상은 이런 헬멧 없이는 밖에서 숨도 못 쉰단 말이야?

아니야, 아닐 거야. 그 거지 같은 산부인과에서 수면마취약 대신 환각제 같은 걸 주사했나?

고개를 절레절레 흔드는데 차가 멈췄다. 여자와 나는 차에서 내려 건물 안으로 들어갔다. 이어지는 바람 샤워. 건물 입구의 작은 방은 먼지를 제거하기 위한 용도였다. 소음이 멈추고 여자가 헬멧을 벗었다. 나는 여자의 얼굴을 자세히 보았다. 분명 나랑 닮긴 했지만, 완전히 똑같은 건 아니었다. 눈꼬리가 나보다 더 길었고, 콧등 위에 볼펜으로 찍어놓은 것 같은 점도 있었다. 나도 얼른 헬멧을 벗었다. 내 얼굴을 본 여자가 놀란 표정을 지었다. 여자는 나를 기억하지 못하는 눈치였다.

"저 어디서 본 것 같지 않아요?"

내가 물었다.

"거울에서요."

여자가 답했다. 흥, 콧바람이 나왔다. 최소한의 유머 감각은 있네.

"농담이에요. 저랑 정말 닮았네요."

여자가 장갑을 벗고 문을 열며 말했다.

"그러게요. 어려서 헤어진 쌍둥이가 있다는 말은 못 들었는데."

나는 빈정거리는 말투가 되지 않도록 노력했다. 그리고 여자를 따라 긴 복도를 지나 35347번 방으로 들어갔다. 없던 강박증도 생길 것 같은 새하얀 인테리어, 그리고 벽에서 빛나는 숫자.

20520208. PM 04:09 WED.

역시, 라고 생각하는 순간 마지막 두 자리가 10으로 바뀌었다. 내가 방 안을 감상하는 동안 여자는 부지런히 손목에 찬 밴드를 누르고는 나를 보았다.

"이름이 뭐예요?"

"오⋯⋯. 정식."

아까 오하나라는 이름을 들었을 때와 다른 의미로 여자의 얼굴이 일그러졌다. 그랬다가 얼른 실례라고 생각했는지 눈가에 잔주름을 잡으며 미소를 지었다. 정식이라니, 돈가스 정식도 아니고 내가 생각해도 이상한 이름이긴 했다.

"저는 오하나 경위예요. 같은 성씨를 만나니 반갑네요."

여자가 오른손을 내밀었다. 나도 손을 내밀어 여자의 손을 맞잡았다. 부드럽고, 따뜻하고, 촉촉한 손이었다. 어쩐지 가슴이 뭉클했다. 조금 반한 것 같은 느낌⋯⋯. 뭐야? 나 이런 성향이었어? 물론 성적 지향에 대한 편견은 없지만, 28년을 살아오면서 몰랐다는 게 충격이라면 충격이었다. 흠흠, 여자가 헛기침을 했고 그제야 나는 그녀의 손을 놓았다.

똑똑, 노크 소리가 들리고 스타워즈의 R2D2를 닮은 로봇이 들어왔다. 여자가 녹색 버튼을 누르자 돔형의 머리가 반으로 갈라졌다. 그 안에는 응급키트가 들어 있었다. 여자는 소독약과 거즈, 일회용 반창고와 연고를 꺼냈다.

"팔 좀 내밀어봐요."

나는 순순히 팔을 내밀었다. 그러자 그녀가 내 팔에 난 상처를 소독했다. 입에서 쓰읍, 하는 소리가 절로 나왔다.

"조금만 참아요. 중금속에 오염되면 큰일이니까."

"도대체 여기는 어디죠?"

"12구역이에요."

"아니, 그거 말고, 여기 서울 아닌가요?"

"서울요? 예전에는 그렇게 불렸죠. 참, 오정식 씨 생년월일은 기억하시나요?"

"아, 그게…… 천구백…… 아니 2024년 6월 16일이에요."

"그래요? 저는 2024년 8월생인데!"

"얼굴도 닮고 신기하죠?"

"그러네요."

이야기를 나누는 동안 여자—오하나는 상처에 반창고를 붙이는 작업을 마무리했다.

"고마워요."

"스스로 상처 내는 일은 하지 마세요."

오하나가 내 눈을 보며 말했다. 가만 보니 눈동자 색

도 나랑 다르긴 했다. 나는 새카만데, 오하나의 눈은 밀크초콜릿 같은 갈색 눈이었다. 전남편의 눈동자 색과 비슷했다. 뒷목이 싸해지며 오하나에 대한 호감도가 십 퍼센트 하락했다. 뭔가 수상한 냄새가 나는데……. 나와 같은 이름을 한 여자의 정체에 대해 더 알아봐야겠다.

"경위라면, 경찰인가요?"

"아뇨. 전 여기 직원이에요."

"여기가…… 어딘데요?"

나는 오하나의 손목에 있는 밴드를 주시하며 물었다. 그 덩치들이 나타나는 건 정말 싫었다.

"PCC, Protect Center for Citizen. 시민보호센터예요."

오하나는 아이에게 설명하듯 차분히 말했다. 아무래도 나를 정상인이라고 보지 않는 것 같았다. 하긴, 내가 봐도 수술복만 입은 차림새가 정상인처럼 보이지는 않았다.

"뭐로부터 보호한다는 건데요?"

"자살요."

오하나가 조금의 틈도 두지 않고 답했다.

이렇게 큰 규모의 자살예방센터라고? 나는 우리가 지났던 긴 복도를 떠올렸다.

"아시다시피, 28년 전 그 일—중국 공장지대에 거대 운석이 떨어진 사건 말이에요—이 있고 나서 10년 만에 세상이 이런 지경에 이르렀죠. 전 인류의 40퍼센트 이상이 극심한 우울증에 시달리고 있어요. 일종의 PTSD, 외상 후 스트레스 장애죠. 아, 그보다 오정식 씨는 가족이 있으신가요?"

오하나가 어색하게 화제를 전환했다. 가족이라는 말에 엄마와 아빠, 그리고 최근 몇 년간 본 적 없는 오라비와 새언니, 조카들의 얼굴이 떠올랐다. 아닌 게 아니라 이곳의 기준으로 28년 전이라면, 내가 사는 시간대에선 오늘이 될 수도 있고 내일이 될 수도 있는 일이다.

"28년 전에 무슨 일이 있었는데요?"

오하나가 나를 딱하다는 눈으로 바라봤다. 그런 다음 밴드를 조작했다.

— 오 경위님, 말씀하십시오.

"12구역 내 정신건강센터에서 탈출한 여성이 있는지 알아봐주세요. 20대 후반, 신원 미상, 단발머리입니다."

— 12구역에 그 요건에 부합하는 케이스는 없습니다.

안 돼, 이건 좋지 않은 흐름이라고.

"그럼 11구역과 13구역까지 찾아봐주시기 바랍니

다.”

　― 알겠습니다.

　무선이 끊겼다. 나는 오하나를 노려봤다.

　“저는 미치지 않았어요.”

　“우리 센터에서는 미쳤다는 말을 사용하지 않습니다.”

　“저는 정신건강센터에서 탈출한 게 아니라고요. 그저 28년 전에 운석이 떨어져서 무슨 일이 있었는지 알고 싶을 뿐이에요. 아니, 그보다 정확히 몇 월 며칠에 운석이 떨어졌나요?”

　“아무래도 오정식 씨는 부분 기억상실 증상이 있으신 것 같아요. 그리고 28년 전 일에 대해 당장 설명해드리는 게 오정식 씨에게 좋은 일인지 현재로서는 판단할 수 없습니다. 일단 검사실로 이동하셔서 정밀 검사를 받아보시는 편이 좋겠습니다.”

　“정밀 검사요? 전 멀쩡하다니까요? 그보다 지금이 2052년이라면서요. 왜 세상이 먼지 구덩이 속에 있는지 알려달라고요!”

　“35347방으로 와주세요. 코드 나인 상황입니다.”

　오하나가 밴드에 대고 말했다. 아니, 목소리 좀 높였

다고 코드 나인(확실히는 몰라도 긴급 상황이라는 암
호인 것 같았다.)이라니? 다음은 덩치들이 올 차례인
가? 어떻게든 그 남자들한테 잡히는 일만은 피하고 싶
었다.

"알았어요. 검사받으러 갈게요."

오하나가 의심스러운 얼굴로 나를 보았다. 방문이 열
리고 덩치들이 들어왔다.

"괜찮아요. 제가 검사실로 데려갈게요."

오하나가 덩치들에게 말했다. 그러자 덩치들이 군인
처럼 박력 있게 뒤돌아 갔다. 혹시 안드로이드가 아닌
지 의심이 들 만큼 절도 있는 동작이었다.

"그럼 나갈까요?"

방을 나온 나는 오하나를 따라가는 척하다가 반대 방
향으로 몸을 틀어 달리기 시작했다. 정체 모를 센터에
서 이상한 검사를 받고 싶지도 않았고, 무엇보다 영화
주인공들이 그렇게 하니까.

"거기 멈춰요!"

오하나가 소리쳤다. 뒤돌아보지 않아도 그녀의 손에
권총이 들려 있다는 걸 알 수 있었다. 그래, 나 따위가
섣불리 영화 주인공 흉내를 내서는 안 되는 거였어.

"손들고 천천히 뒤로 돌아요."

오하나의 말대로 뒤로 돌아서는데 세상이 거꾸로 뒤집히는 느낌이 들었다. 몸이 녹아내리는, (기억나지는 않지만) 엄마의 자궁에서 빠져나오는 바로 그 느낌⋯⋯.

나는 산부인과의 수술대 위로 돌아와 있었다. 씨발, 최근 몇 년 동안 머릿속으로만 생각했지 입 밖으로 내놓은 적 없었던 욕이 튀어나왔다. 내 무릎에 손을 올리려던 의사가 흠칫 손을 거뒀다. 벽시계는 어김없이 세시 오십 분을 가리키고 있었다.

"괜찮으세요? 수술 진행할까요?"

"혹시 마취 안 하고 할 수 있을까요?"

한 번 더 환각을 겪고 싶지는 않았다. 이상한 경험은 두 번이면 족했다.

"네? 부분 마취 말씀이세요? 가능하긴 한데, 환자분 같은 경우는 주 수도 좀 됐고⋯⋯. 정신적인 스트레스 때문에 다들 수면 마취를 선호하세요. 그래도 부분 마취 하시겠어요?"

정말 환각이었을까? 환각이 아니라면, 왜 낙태를 하

려고 할 때마다 나를 닮은 여자가 있는 곳으로 가는 걸
까?

"아뇨. 생각 좀 해볼게요."

지지대에서 다리를 내리고, 수술대에서 내려왔다. 간
호사가 탈의실로 나를 안내해주었고, 옷을 갈아입은 나
는 병원 밖으로 나왔다.

집에 오자마자 코트도 벗지 않고 침대에 누웠다. 먼
지가 뽀얗게 내려앉은 전등을 보고 있으려니 쉴 새 없
이 움직이던 와이퍼와 회색 먼지 뭉치가 떠올랐다. 나
는 '그 세상'에 한 시간 정도 머물렀다. 그리고 돌아왔을
때는 시간을 거슬러 마취 전의, 세 시 오십 분에 놓여 있
었다. 내가 그 세상에 가 있는 동안 현재의 시간이 멈췄
던 걸까? 코트를 벗고 니트 스웨터의 소매를 걷어 올렸
다. 팔에는 반창고가 붙어 있지 않았다. 내가 손톱으로
낸 상처도 사라지고 없었다. 현재의 시간이 멈춰져 있
었던 것이 아니다. 내가 그곳으로 간 사이 흘렀던 시간
이 되돌아간 것이다.

말도 안 돼.

시간이 되돌아가다니, 말도 안 되는 이야기다. 그걸
인정하면 내가 2052년의 세상에 다녀왔다는 것도 인정

해야 한다. 28년 후의 미래, 그것도 인류의 절반 가까이 우울증을 앓고 있는 먼지 구덩이 디스토피아에 다녀오다니! 그보다는 그 병원에서 쓴 수면 마취제에 환각을 일으키는 성분이 있었다는 게 타당한 설명일 것이다. 벽시계는 멈춰 있었던 거라고 생각하면 말이 된다. 그렇지만, 의사는 왜 수술을 해주지 않은 거야? 배우자의 동의가 없었기 때문에? 역시 강간당했다는 내 말을 믿지 않은 걸까?

2

아침부터 몇 군데의 산부인과에 전화를 걸었다. 어제 간 병원이 서울의 서북쪽이었으니, 오늘은 동남쪽에 있는 병원을 찾아봤다. 한 군데에서는 자기네 병원은 수술을 하지 않는다고 했고, 다른 한 군데는 몇 주차인지 물었다. 14주라니까 어렵겠다고 했다. 3개월 넘게 생리를 하지 않았는데, 왜 그걸 의심할 생각도 하지 못했을까. 게다가 남편, 아니 전남편은 산부인과 의사 주제에 자기 부인이 임신한 것도 모르다니. 돌팔이 산부인과 의사놈, 여자만 밝히느라 그랬겠지. 돌이켜 생각하고 싶지 않았지만, 석 달 반 전의 기억이 되살아나 나를 괴롭혔다.

진료 마감 시간이 다 됐을 때 남편에게서 전화가 왔다. 정리할 게 있어서 늦을 것 같다고 했다. 전날 밤 만족스러운 관계로—아마 이날 아이가 생겼을 것이다—기분이 좋았던 나는 오랜만에 신혼 분위기를 내보려 도시락을 싸서 남편의 병원에 찾아갔다. 하얀 가운 소매를 걷어붙인 채 진료실에서 서류 정리를 하는 모습을 기대했지만, 그의 책상은 말끔히 정리되어 있었다. 벌써 일을 끝내고 화장실이라도 갔나 싶어 진료실을 나오려다 나지막한 말소리를 들었다. 처치실 쪽이었다. 간호사도 퇴근했는데 이 시간에 환자가 있을 리는 없고, 서늘한 예감으로 처치실 문을 열었다.

과연, 진료대 위에는 다리를 벌리고 누워 있는 여자가 있었고, 남편은 여자의 사타구니 사이를 빤히 들여다보고 있었다. 누워 있는 여자가 영지가 아니었다면, 응급 환자를 봐준다고 생각할 수도 있었을 것이다. 영지는 내 가장 친한 친구고, 남편의 가장 친한 친구 중 한 명이고, 남편과 나를 이어준 장본인이다. 이것들이 이

새끼 저 새끼 하면서 전혀 남자로(혹은 여자로) 안 보입네 할 때부터 의심을 했어야 하는 거였는데…….

친구와 남편을 동시에 잃는, 20세기 말에 유행했던 노래 가사 같은 일이 내게 일어나다니. 믿을 수가 없었다. 이 변태, 성도착증 환자들아! 갖은 욕과 함께 도시락 속의 불고기와 총각김치가 그들에게 덮어씌워졌고, 나는 그 더러운 장소에서 신속하게 탈출했다. 가까스로 따라온 남편은 내게 매달리며 오해라고 했지만, 뭐가 오해냐는 내 물음에는 대답하지 못했다. 그러다 상황이 심각해지자 사실은 진찰한 거라며 고백 같지도 않은 고백을 했다. 변명은 필요 없다고 했다. 무슨 병이냐는 질문에 대답을 못 했으니까.

나는 그 길로 집을 나와 당장 입주 가능한 오피스텔에 들어갔다. 그리고 남편에게 이혼서류를 보냈다. 아빠는 남자가 어쩌다 한번 실수할 수도 있지,라는 전근대적인 발언으로 내 속을 뒤집어놓았고, 엄마는 하필 결혼한다는 놈이 동성동본이라고 할 때부터 예감이 안 좋았다며 내 창자를 꼬이게 했다. 한 달의 이혼숙려기간을 거치고도 남편은 이 핑계 저 핑계—하다 하다 안 되니까 영지의 병명이 암이라는 헛소리까지 해댔다—

를 대며 구청에 가지 않았다. 결국 병원까지 찾아가서야 나는 삼 년간의 결혼생활에 마침표를 찍을 수 있었다.

초조한 마음으로 동북쪽에 위치한 산부인과에 전화를 걸어봤다. 다행히 한 군데에서 수술해줄 수 있다고 했다. 나는 간단히 외출 준비를 하고 선글라스를 끼고 집을 나섰다.

2층짜리 산부인과 건물은 낡고 오래돼 보였지만 별다른 선택지가 없기에 안으로 들어갔다. 의사는 동그란 뿔테 안경에 2대 8 가르마를 하고 있었다. 사정을 얘기하고 소변검사를 하고—초음파는 보고 싶지 않다고 했다—옷을 갈아입고 간호사를 따라 처치실로 들어갔다. 처치실 구석에는 침대와 초음파 기계가, 한가운데에는 진료의자와 주사 등이 놓인 트레이가 있었다. 시계는 없었다.

나는 진료의자에 누워 지지대에 다리를 올렸다. 절차는 어제 병원과 다를 것이 없었다. 간호사가 수액을 연결하자 의사가 진료실과 이어진 문을 통해 들어왔다.

"자, 긴장하지 마시고."

의사가 말했고, 간호사가 수면 마취 주사를 놓았고, 이번에야말로 무사히 수술을 끝낼 수 있기를 기도했지만……

콜록콜록, 기침이 나오고 상한 선식을 퍼 넣는 것처럼 입 안으로 먼지가 들어왔다. 또 그곳에 와버렸다. 병원이나 병원에서 사용한 마취제 문제가 아니라는 얘기다.

[세 시 방향에 헬멧 미착용 여성 발견, 신속한 구조 바란다. 다시 한번 반복한다. 세 시 방향에…….]

이제는 익숙하기까지 한 기계음이 들렸다. 어, 어제는 분명 열한 시 방향이었는데? 최대한 숨을 참으며 누군가 내게 헬멧을 씌워주길 기다렸다. 허파가 폭발하겠다는 생각이 들 때쯤 내 머리에 헬멧이 씌워졌다.

"오정식 씨, 또 당신이군요."

여자, 오하나가 나를 기억한다. 가만, 어제 두 번째 왔을 때 오하나는 나를 기억하지 못했다. 그런데 하루가 지난 지금은 나를 기억하고 있다. 어제 내가 센터에 도착한 시간이 4시 9분 전후. 수면 마취를 시작한 시간이 세 시 오십 분. 차를 타고 이동한 시간이 이십 분 정도였으니까……. 28년 후의 동 시간대로 간다고 생각하면 말이 된다. 자동차에 타자마자 대시보드의 날짜와 시간을 확인했다. 20520209. 14:23. 오늘은 병원 예약 시간이 두 시였으니까 진료를 받고, 수술대 위에 올라간 시간을 생각하면 대충 앞뒤가 맞았다. 물론 내가 28년 후의 미래로 왔다는 전제하에 말이다.

"뭘 그렇게 생각하고 계세요?"

오하나가 물었다. 어딘지 모르게 나를 경계하는 눈치였는데, 어제의 태도가 제정신이 아닌 사람을 경계하는 거였다면, 오늘은 그보다 더 위험한, 테러범을 대하는 태도에 가까웠다.

"저를 기억하는 거죠?"

"당연하죠."

"뭔가 이상하지 않아요?"

"이상한 게 한두 가지가 아니죠. 특히 당신이 어제 복도에서 갑자기 사라진 건…… 어떻게 한 거죠?"

"글쎄요, 그건 저도 잘 모르겠어요. 마취약 부작용이나 환각인 줄 알았는데……."

헬멧을 쓴 오하나가 고개를 돌려 나를 노려봤다. 헬멧 커버 때문에 그녀의 눈은 보이지 않았지만, 아주 매섭게 노려본다는 걸 느낄 수 있었다.

"순간이동 말이에요. 시치미 떼도 소용없어요."

"순간이동이라뇨?"

"오정식 씨, 어느 기관에서 나왔나요?"

"기관이요? 뭔 기관이요?"

"CIA에서 극비리에 순간이동장치를 개발하는 프로젝트를 진행하고 있다는 건 알아요. 그렇지만 어제 당신이 사라졌을 때는 정말 놀랐죠. 꼭 '그냥' 사라진 것처럼 보였으니까."

"순간이동 같은 거 아니에요. 그냥 사라진 거 맞아요."

오하나가 고개를 저으며 한숨을 내쉬었다. 헬멧 밖으로 다스베이더의 숨소리처럼 훅, 하는 소리가 새어나왔다.

"솔직히 말해주는 게 좋을 거예요."

오하나의 목소리가 날카로워졌다. 이거 참, 이보다 더 솔직할 수는 없는데.

"오정식 씨, 당신 임무가 뭡니까? 우리 구역에 오는 이유가 뭐예요?"

"글쎄요, 저도 그게 궁금한데요."

"협조 안 하시면 경찰에 신고할 수도 있어요."

무단횡단에 노상방뇨를 하고도 한 번도 걸린 적이 없었는데. 미래에 와서 유치장 구경을 하고 싶지는 않았다. 그렇다고 솔직하게 과거에서 왔다는 사실을 털어놓았다간 다시 미친 사람 취급을 당할 테고…….

"아무래도 임무 수행 중에 기억상실증에 걸린 것 같아요. 내 이름 말고는 기억나는 게 없어요."

최대한 그럴듯하게 들릴 변명을 했다. 오하나가 고개를 크게 끄덕였다.

"역시 검사를 받아보는 게 좋을 것 같아요."

"음……. 그건 별로 좋은 생각이 아닌 것 같은데요."

"아니요, 좋은 생각입니다."

오하나가 단호하게 말했다.

어느새 우리는 PCC에 도착했다. 절차는 어제와 같았다. 입구에 있는 방에서 먼지 샤워를 마치고, 기나긴 복도를 지나 35347번 방으로 들어갈 줄 알았는데, 복도 끝까지 가서 왼쪽으로 돌았다. 미로처럼 긴 복도가 다시 이어지는가 싶더니 팔각형의 문이 눈앞에 나타났다. 다른 문보다 열 배는 튼튼해 보이는 문이었다. 오하나가 손을 가져다 대자 문이 반으로 갈라지며 열렸다. 그곳에는 첨단과학의 향연이 펼쳐지고 있었다. 굳이 비교하자면 MRI 기기와 치과의자와 비슷하게 생긴 기기들이 었는데 물론 현재의 기기들보다는 백만 배 정도 정밀하고 세련되어 보였다.

"저, 사실 임신 중인데 검사는 좀 무리지 않을까요?"

아무리 정교한 의료기기라고 해도 미래 세계에서 수상한 검사를 받고 싶지는 않았다.

"전혀요. 오히려 태아의 건강상태를 확인하는 데 도움이 될 겁니다. 아, 축하해요."

오하나가 부드러운 미소를 지으며 말했다. 우리가 들어온 문은 이미 굳게 닫혀 있었다. 검사실을 둘러봤지만 출입문 말고 달리 빠져나갈 길은 없어 보였다. 그래, 잘못되더라도 2024년으로 돌아가면 마취 전의 시간이 되어 있을 테니, 상관없겠지. 어렸을 적부터 외계인한테 납치되어 이상한 검사를 받고 초능력이 생기는 상상은 해봤지만, 미래에서 정밀검진을 받게 될 줄이야.

"이쪽으로 올라오세요."

나는 오하나가 가리키는 육각형의 판 위에 올라섰다. 딱딱할 줄 알았는데 의외로 폭신폭신한 감촉이었다. 내가 올라서자 발바닥을 중심으로 오로라처럼 붉은빛과 초록빛이 번졌다.

"앞을 보시고 최대한 움직이지 말고 계세요."

와, 고개를 들어 앞을 본 나는 감탄사를 내뱉었다. 3D 홀로그램으로 내 몸이 만들어지고 있었다. 뼈가 생기고, 장기가 들어차고, 근육이 붙고, 손으로 만지면 잡힐 것처럼 선명한 영상이었다.

"몸에는 아무런 이상이 없네요. 그리고 뇌에도 별문제가 없다고 나오는데……."

오하나가 고개를 갸웃하며 내 인체와 똑같은 모양의 홀로그램에 손을 가져갔다. 그러자 내 인체 모형이 순식간에 푸른 네온색으로 반짝였다. 그중에서도 가장 선명하게 반짝이는 부분이 있었다. 바로 내 자궁, 그리고 자궁 안에 있는 14주짜리 태아였다. 머리, 팔, 다리……. 내 안의 아기는 부끄럽다는 듯 손으로 얼굴을 가리고 있었다. 파란 별처럼 반짝이는 생명체……. 눈에서 눈물이 흘러내렸다. 눈물이 나는 건, 저 빛이 너무 반짝거려서일 거야. 임신 호르몬 때문일 수도 있고. 그런데 우는 건 나만이 아니었다. 오하나도 눈물을 흘리고 있었다.

"죄송해요. 아기를 보니 어쩐지 울컥해서요."

그녀가 변명하듯 말하며 손끝으로 눈물을 훔쳤다. 그 순간, 나는 내 배 속의 아이와 오하나가 어떤 연관이 있다는 확신이 들었다. 사실 오하나라는, 나랑 똑같은 이름부터가 수상하긴 했다.

"정말 기억이 나지 않으세요? 뇌 스캔 결과 기억상실의 징후가 전혀 보이지 않아서요."

검사실에서 나온 우리는 어김없이 35347호, 새하얀 방으로 들어갔다. 당연하지. 내가 경험하지도 않은 일이 기억날 리가 없잖아.

"글쎄요, 잘 기억이 나지 않는데……. 순간이동의 충격 때문일까요?"

"음……. 그럴지도 모르죠."

오하나가 심각한 표정을 지었다. 나는 그녀에 대해 더 알아보기로 했다.

"오하나 경위님, 고마워요. 제 목숨을 두 번이나 구해주셨어요."

"뭘요, 제가 해야 하는 일인데요."

그녀가 쑥스러운 듯 어깨를 으쓱했다. 하얀 볼이 핑크빛으로 물들었다. 의외로 마음이 여린 것 같았다.

"이름이 참 예뻐요. 누가 지어주셨나요?"

"이모가요."

"이모요?"

어라, 내게는 여자 형제가 없는데.

"친이모는 아니고, 영지 이모라고 엄마랑 제일 친한 친구였어요. 엄마 이름을 따서 지어줬어요."

"이영지?"

"네, 영지 이모를 아세요?"

"아, 아뇨. 그냥 이씨일 것 같아서."

아니야. 이건 뭔가 이상해. 듣자 하니 얘기가 흘러가는 꼴이 내 앞의 '오하나'가 내 딸이라는 것 같은데, 내가 영지 그년한테 내 아이의 이름을 짓게 했다고? 그것도 나랑 똑같은 이름으로? 아니, 그것보다 애당초 나는 낙태 수술을 받을 건데, 오하나는 어떻게 태어난 거야?

"오정식 씨, 괜찮으세요?"

오하나가 걱정스러운 목소리로 물었다.

"아, 네. 혹시 엄마 사진 갖고 계세요?"

"그럼요."

오하나가 능숙하게 손목 밴드를 작동시키자 하얀 테이블 위에 내 결혼사진이 비춰졌다. 역시, 오하나는 내 딸이 맞았어. 그런데…… . 불길한 예감에 심장이 방망이질을 시작했다.

"그러고 보니 정식 씨가 저보다 더 우리 엄마랑 닮았

네요. 눈매랑 코랑."

"혹시, 최근에 찍은 사진은 없어요?"

나는 목소리를 쥐어짜듯 물었다. 먼지 없는 방인데 가슴속이 먼지로 꽉 차오르는 기분이었다.

"네. 불행히도, 엄마는 절 낳다가 돌아가셨거든요."

"뭐라구요?"

테이블 위에 올린 주먹을 불끈 쥐는데, 몸이 얼었다 녹은 오징어처럼 흐물거리기 시작했다.

아아, 현재로 돌아가려나 봐. 안 돼. 나한텐 시간이 더 필요하다고!

헙, 어제보다 빨리 현재로 돌아온 느낌이 들었다. 나는 진료 의자에 누워 있었고, 진료실과 이어진 문이 열리고 의사가 들어왔다.

"자, 긴장하지 마시고."

뿔테 안경의 의사가 말했다. 나는 마취 주사를 놓으려는 간호사를 가볍게 저지했다.

"잠깐만요. 좀 더 생각해볼게요."

"수술 안 한다는 말씀이세요?"

"아니요. 네, 일단 지금은 안 할래요."

간호사가 심드렁한 표정으로 링거 주삿바늘을 빼주었다.

병원을 나오자 갑자기 쫄면이 너무 먹고 싶었다. 가장 먼저 보이는 분식집에 들어가 쫄면 곱빼기를 시켜 허겁지겁 먹었다. 그리고 지하철을 타려다 화장실에 들어가 매운 쫄면을 그대로 게워냈다. 맵고 따가워서 눈물이 나왔다. 뭐가 뭔지 하나도 알 수 없었다. 아니, 사실은 전부 다 알고 있었다.

나는 낙태 수술을 받으려다 28년 후의 미래로 갔고, 그곳에서 나와 동갑인 딸을 만났다. 어쩐 일인지 수술을 하려고만 하면 딸이 있는 곳으로 가게 되는 것이다. 그곳의 과학기술은 엄청 발달했지만 사람이 살 만한 곳처럼 보이진 않는다. 그리고 이대로 수술을 못 하게 되면 나는 6개월 뒤에 딸을 낳다가 죽는다.

아직은 죽고 싶지 않다. 그것도 내가 증오하는 남자의 아이를 낳다가 죽는 건 더욱 싫었다. 하지만 나를 꼭 닮은 내 아이이기도 했다. 자궁 속에서 파랗게 빛나던 작은 인간의 모습이 머리에서 지워지지 않았다.

아니야, 미래로의 여행 따위가 사실일 리가 없잖아. 이혼하자마자 임신 사실을 알게 됐으니 과도한 스트레스 때문에 내 머리가 잠깐 어떻게 된 걸 거야. 화장실 바닥에 쪼그리고 앉아 있던 나는 지하철역 밖으로 나와 택시를 잡아 탔다. 그리고 어제 갔던 산부인과로 향했다. 조금 전의 산부인과보다는 깔끔하고 믿음이 갔기 때문이었다.

"역시, 범죄자의 아이는 키울 수 없습니다."

나는 각질이 허옇게 일어난 의사의 입술을 보며 말했다. 의사가 이해한다는 듯 고개를 끄덕이고는, 인터폰을 들었다. 정 간호사, 오늘은 더 이상 환자 받지 말아요.

"바로 수술합시다."

의사가 인자한 미소를 지으며 말했다.

"감사합니다, 선생님."

나도 그녀와 비슷한 표정을 짓고 싶었지만, 내 자궁 속에서 파랗게 반짝이던 아기를 떨쳐내는 것만도 버거웠다.

수술복으로 갈아입고, 수술대 위에 올라갔다. 수술실의 냉기 때문에 팔뚝에 소름이 돋았다. 시곗바늘이 3시 35분을 가리키고 있었고, 간호사가 내 팔에 링거 주사를 놓았다. 그리고 의사가 들어왔다.

"너무 긴장하지 마시고, 한숨 푹 자고 일어난다고 생각해요."

"선생님, 저 부분 마취로 하고 싶어요."

"어제도 말씀드렸다시피 고통은 느껴지지 않겠지만 소리나 감각들이 좀 견디기 힘들 텐데…… 괜찮으시겠어요?"

"네. 그 범죄자의 씨가 나한테서 떨어져 나가는 걸 내 눈으로 직접 확인하고 싶어요."

내가 독기를 품고 말하자 의사는 당황하는 기색을 감추며 간호사에게 작은 소리로 뭔가를 지시했다. 간호사가 커다란 주사기 두 개를 가져와 의사에게 건넸다.

"따끔합니다."

아래쪽에 바늘이 들어가는 느낌과 함께 뻐근한 통증이 느껴졌다. 이제 돌이킬 수 없어. 미안하다, 아가. 하지만 난 죽고 싶지 않아. 의사가 두 번째 주사기를 쳐들었고, 그걸 본 나는 정신을 잃고 말았다.

허, 또다시 그곳에 와버렸다. 수면 마취를 하지 않았는데도 미래로 오다니! 하지만 별로 놀라울 것도 없었다. 어떻게 이런 비논리적인 일이 일어나는지 이제야 대충 윤곽이 나타나고 있었으니까. 이건 전부 미래의 오하나가 꾸민 일이다.

[다섯 시 방향에 헬멧을 쓰지 않은 여성이 있습니다. 신속한 구조 바랍니다. 다섯 시 방향에 헬멧을…….]

숨이 막혔지만 하나도 걱정되지 않았다. 어차피 내 딸, 오하나가 와서 구해줄 것이다. 아니나 다를까, 숨이 넘어가기 일보 직전에 오하나가 내게 헬멧을 씌워주었다.

"오정식 씨, 괜찮아요?"

오하나가 나를 부축해 일으키며 물었다. 말투가 훨씬 부드러운 걸 보니 한 시간 반 전의 만남을 기억하는 눈치였다. 시간이 현재로 되돌아갔을 때 반복적으로 낙태를 시도한 게 아니라면 '여기'에서는 시간의 역행이 일어나지 않나 보다. 나는 오하나가 이끄는 대로 조수석에 탔다.

"이번에는 어디로 갔었는지 설명해줄 수 있어요?"

어떻게 말해야 설득력이 있을지 답을 고르는 사이,

"혹시 오정식 씨가 흥분했을 때 촉발되도록 프로그래밍 된 걸까요? 순간이동 말이에요."

순간이동 같은 소리 하고 있네. 헬멧으로 얼굴이 가려진 걸 다행으로 생각하며 입술을 지그시 깨물었다.

"글쎄요, 생각해보니 그럴 수도 있을 것 같네요."

"아니면 순간이동이 가능한 시간이 육십 분으로 설정된 걸 수도 있고요. 어제도, 오늘도, 오정식 씨가 나타났다 사라지기까지의 시간이 딱 한 시간, 육십 분이었거든요."

"그렇지만 아까 검사실에서 보셨다시피, 제 몸에 순간이동장치 같은 게 장착된 것도 아니잖아요?"

은근슬쩍 오하나를 떠보았다.

"사실은 저도 그게 의문이라서요. 우리가 보유한 검사장비로 나타나지 않는 첨단장치인지도 모르죠."

흥, 코웃음을 쳤지만 헬멧 밖으로 새어나가지는 않았다. 자기가 꾸민 일이면서 시치미 떼느라 애쓴다, 애써.

오하나와 내가 이야기를 나누는 동안 자율주행모드인 자동차는 PCC로 향하고 있었다. 그 빌어먹을 하얀 방에는 두 번 다시 들어가고 싶지 않았다.

"오하나 씨, 우리가 연관돼 있다는 생각은 안 해보셨어요?"

"연관이라뇨?"

오하나의 목소리가 약간 떨렸다. 동요하고 있다는 증거다.

"솔직히 말하면 제가 이곳으로 '순간이동'해오는 이유, 저는 알 것 같아요. 가능하면 센터 말고 우리 둘만 있는 곳에서 말씀드리고 싶은데…… 오하나 씨 집으로 가면 어떨까요?"

"저희 집이요?"

"네."

나는 다른 설명을 덧붙이지 않았다. 그리고 허리와 목을 꼿꼿이 세워 내 단호함을 보여주었다. 오하나가 잠시 망설이더니 내비게이션에 목적지를 입력했다. 황폐한 회색 사막 같은 도로를 따라 십 분 정도 달리자 눈앞에 커다란 돔이 나타났다.

"여기가 12구역 주민들이 사는 곳이에요."

오하나가 말했다. 속도를 줄인 차는 비눗방울을 통과하듯 커다란 돔 안으로 진입했다. 그러자 자동세차장을 통과한 것처럼 차창이 말끔해졌다. 돔 안에는 5층짜리 아파트 단지와 상가들이 있었다. 미래도시 느낌이 물씬 풍기던 PCC와는 달리, 12구역 주거단지는 개발이 안 된 구시가지 같은 분위기였다. 민머리를 한 채, 평상복을 입고 거리를 활보하는 주민들이 보였다. 오하나가 차창을 내리고 헬멧을 벗었다. 나도 따라 헬멧을 벗었다.

"각 구역 안의 공기는 거대정화시스템으로 정화되고 있거든요."

오하나가 돔 안에서 가장 높은 건물을 가리켰다. 자세히 보니 그건 건물이 아니라 거대한 공기청정기였다. 그녀는 12-103이라고 쓰인 아파트 건물 앞에 차를 세웠다.

"저는 302호에 살아요."

오하나를 따라 계단을 올라갔다. 1980년대에 지어진 아파트처럼 5층 건물인 것도 이상했는데, 안에 들어가 보니 엘리베이터도 없었다. 주민 거주시설은 꽤나 원시적이네. 에너지 부족 때문인가.

오하나가 302호 문에 달린 탁구공만 한 검정 구슬에 눈을 가져다 대자 문이 열렸다. 홍채 인식시스템 같은데 디자인이 귀여웠다.

"들어오세요."

오하나의 집은 깔끔하게 정리되어 있었다. 센터를 보고 막연히 상상했던 미래적인 집과는 거리가 멀었고, 숲속의 오두막을 연상케 하는 따뜻한 느낌의 집이었다. 나무로 된 낮은 탁자 위에는 아까 오하나가 보여줬던 내 결혼사진과 남편과 오하나가 얼굴을 맞대고 찍은 사진이 있었다. 나는 사진을 엎어놓고 싶은 충동을 누르며 고개를 돌리고 패브릭 소파에 앉았다.

"오정식 씨, 뭐 마실 것 좀 드릴까요? 따뜻한 차? 아님 주스?"

"주스요."

본격적으로 얘기를 하다 보면 목이 탈 테니 시원한 주스가 낫겠지. 냉장고로 간 오하나가 연두색 액체가 든 꼬마병 두 개를 꺼내 와 하나를 내게 건넸다. 키위주스려니 하고 벌컥 목으로 넘겼는데 엄청 쓴맛이 났다. 이미 넘어가지 않았다면 뱉었을 것이다.

"이, 이게 뭐야."

"주스잖아요."

오하나는 아무렇지도 않게 청개구리껍질을 갈아 만든 것 같은 녹색 액체를 마셨다.

"그러니까 무슨 주스냐구요."

"무슨 주스긴요, 여주주스지."

여주? 그 울퉁불퉁한 애호박처럼 생긴 여주? 뭐야? 딸기는 멸종되기라도 한 건가? 궁금했지만 지금 주스가 중요한 게 아니었다. 나를 미래로 불러들인 건 분명 오하나다. 순간이동도 되는 세상인데 시간 여행이라고 안 된다는 법이 없으니까. 나는 오하나의 자백을 받아 내기 위해 슬슬 시동을 걸었다.

"오하나 씨, 이런 환경에서 사는 거 힘들지 않아요?"

"아무래도 힘들죠. 하지만 누구나 다 힘든 거니까."

"죽고 싶다고 생각한 적은 없어요?"

"네? 그런 질문을 왜 하세요? 오정식 씨, 혹시 자희 사쪽 사람이에요?"

"자희사?"

"자살을 희망하는 사람들이요."

"노노, 전 그 반대죠. 혹시 오하나 씨가?"

"전혀요."

"그럼 좀 다른 거 질문할게요. 태어나고 싶지 않다고 생각한 적은 없어요?"

"저기요, 오정식 씨. 순간이동에 대해 말씀해주신다 고 해서 저희 집까지 모셨는데 왜 이런 질문을 하시는 지 잘 모르겠어요."

"이런 질문이 그 '순간이동'의 핵심이거든요."

내가 턱끝을 올리며 말하자, 오하나가 도무지 알 수 없다는 표정을 지으며 고개를 숙였다. 그러자 오하나의 정수리가 보였다. 문학 시간에 배운 '파르라니 깎은 머리'라는 구절이 떠오르는 머리통이었다. 그녀가 다시 고개를 들어 나를 봤다. 갈색 눈동자가 반짝, 빛났다.

"태어나고 싶지 않다고 생각한 적이요? 있어요. 그것도 자주. 특히나 사람을 구할 수 없었을 때요. 오정식 씨는 운이 좋아 몇 번이나 구할 수 있었지만, 모든 사람을 구할 수 있는 건 아니거든요."

근데 왜 굳이 나를 여기로 자꾸 부르는 거냐고, 나를 부르지만 않으면 태어나지 않을 수 있는 거 아니냐고 말하려는데, 오하나가 진지한 목소리로 말을 이었다.

"근데 그런 생각을 하고 나면 죄 지은 기분이 들어요. 나를 이 세상에 보내기 위해 소중한 삶이 끝나버린 사람이 있는데, 내가 그러면 안 되는 거잖아요."

"아뇨. 돼요. 그 사람은 자신의 삶이 끝날 줄 몰라서 그런 선택을 했던 거니까, 절대 숭고한 희생 그런 거 아니에요. 그러니까 오하나 씨가 태어난 걸 후회한다면 전 마음의 부담도 덜고 아주 좋아요. 대신 절 다신 여기로 부르지 마세요. 알았죠?"

"오정식 씨, 전 정식 씨가 무슨 말씀 하시는지 잘 모르겠어요. 정말 괜찮으신 거예요?"

"그만 좀 해요, 오하나 씨. 언제까지 속일 셈이에요?"

"속이다뇨?"

"솔직히 인정할 생각이 없나 본데, 단도직입적으로 말할게요. 제가, 아니 내가 네 엄만 거 알고 불렀잖아."

"네?"

오하나의 얼굴이 잘 익은 사과처럼 빨개졌다.

"순간이동이 아니라 네가 날 미래로 호출한 거 다 알고 있어. 시간 여행이 28년 만에 가능할 줄은 상상도 못했네."

"시간 여행이라뇨? 그런 게 가능할 리가 없잖아요? 그리고 오정식 씨가 제 엄마랑 닮은 건 사실이지만 제 엄마라니, 그런 농담은 불쾌합니다. 제 엄마는요, 살아 계심 쉰여섯 살이라고요."

오하나는 다시 하얘진 얼굴로 정색을 하며 시치미를 뗐다. 그 태연한 표정이 남편과 닮은 것 같아 불쑥 화가 치밀었다. 이제 고상한 척은 끝났어. 나는 자리에서 벌떡 일어났다.

"너 정말 이럴 거야? 내가 낙태하는 거 막으려고 수술대에만 오르면 여기로 불러오는 거잖아, 아니야?"

"아닙니다. 오정식 씨, 진정하세요."

요 발칙한 것, 끝까지 발뺌하는 게 뻔뻔하기가 제 아

비를 빼닮았다. 이거 머리카락이 없으니 머리채를 휘어잡아 쥐어뜯을 수도 없는 노릇이고.

"오정식 씨 진정하세요? 내가 진짜 오하나야. 세상에 하나뿐인 오하나. 난 나랑 같은 이름 가진 딸 같은 거 필요 없다고!"

"오정식 씨, 저한테 왜 이러시는 거예요? 제 엄마라뇨? 그런 말씀은 대체 왜 하시는 건데요?"

"네가 끝까지 나한테 오리발을 내밀고 싶은 모양인데, 그래, 영지 그년한테 연락해보면 내가 네 엄만지 아닌지 알 수 있겠네."

"네?"

"나 사실 이영지 알아. 한때는 내 가장 친한 친구였지."

나는 여유로운 척하기 위해 다시 소파에 앉아 다리를 꼬았다.

"그러니까 오정식 씨는 지금 제 엄마라고 주장하시는 거죠?"

"주장이 아니라 사실이라니까."

"근데 영지 이모가 돌아가신 것도 몰라요?"

영지가 죽다니, 순간 가슴이 덜컥 내려앉았다.

"영지가…… 죽었어?"

"네."

"어떻게…….."

어떻게 죽었냐고 물어보려던 나는 얼른 정신을 차렸다. 그리고 오하나의 말에 있는 모순을 지적했다.

"그거야 당연하지. 나는 너를 낳다가 죽는다며. 내가 영지보다 먼저 죽었는데 모르는 게 당연하잖아?"

"우리 엄마가 나를 임신했을 때, 영지 이모는 자궁암 말기였어요. 설마…… 그것도 몰랐다고 할 건가요?"

붉게 물든 오하나의 눈에서 굵은 눈물방울이 쉴 새 없이 떨어져 내렸다. 영지 암이야. 당분간 당신한테는 비밀로 하고 싶다고 해서 말 못 했어. 남편이 구청에서 마지막으로 했던 말이 떠올랐다.

"어……. 몰랐어."

"그런데도 당신이 과거에서 온 우리 엄마라고 주장할 수 있어요? 오정식 씨, 도대체 여기 온 목적이 뭐예요?"

여기 온 목적? 나는 오하나가 낙태 수술을 막기 위해 미래에서 나를 불러들이는 거라 생각했는데, 그것도 아니라면 이건 무슨…….

벽시계의 숫자가 16:35으로 바뀌자 또다시 물컹물컹

한 막에 둘러싸이는 기분이 들었다. 오하나의 말대로 미래에 머물 수 있는 시간은 육십 분, 정확히 한 시간뿐인 것 같았다.

으헉, 비명이 저절로 튀어나왔다. 이번에는 시간의 슬라이드를 타고 통, 수술대 위에 떨어진 기분이었다. 간호사에게 전달받은 주사기를 들고 있던 의사가 놀란 얼굴로 나를 보았다. 벽시계가 3시 35분을 가리키고 있었다. 되돌려진 시간. 지금 바로 돌아가야 오하나의 머릿속에서 조금 전의 기억을 지울 수 있다. 조금 전의 기억은 지워야만 한다.

"괜찮아요?"

의사가 내 무릎을 감싸며 물었다. 라텍스 장갑 아래로 온기가 느껴졌다.

"네."

"정 간호사, 이마에 땀 좀 닦아드려."

간호사가 거즈로 이마의 땀을 닦는 동안, 분침이 한 칸 앞으로 이동했다. 이렇게 되면 미래로 간다고 해도 조금 전의 기억이 오하나의 머릿속에 남아 있을 것이다. 그래, 오늘은 그만 가자. 너무 지쳤어.

"선생님, 죄송하지만 내일 다시 와도 될까요?"

의사가 나를 안쓰러운 눈으로 보며 말했다.

"많이 고민되는 상황이란 거 알아요. 언제든 결심이 서면 제가 도와드릴 테니 며칠 더 차분히 생각해보세요. 너무 오래는 말고요."

"감사합니다, 선생님."

병원을 나와 걷기 시작했다. 수면 마취도, 미래에서의 호출도 내가 28년 후로 가는 원인이 아니다. 그렇다면 내가 낙태 수술을 받으려 할 때마다 미래로 가는 이유는 뭘까? 게다가 내가 애를 낳다가 죽는다니. 이러지도 못 하고 저러지도 못 하고, 꼼짝없이 딜레마에 빠진 죄수가 되어버린 기분이었다. 그리고 영지⋯⋯. 영지가 죽는다니, 자궁암 말기라니⋯⋯. 그럼 그날 정말 남편한테 진료를 받은 거란 말이야? 산부인과 의사면서 자기 병이 그렇게 심각해질 때까지 몰랐다고? 영지라면, 그럴 수 있을 것 같았다. 영지는 언제나 자신보다 다른 사람들을 먼저 챙겼다.

나는 수신차단 목록에서 영지의 연락처를 찾아 전화를 걸었다.

"이영지."

"오하나."

"이영지."

"오하나."

이름만 불러도 의사소통이 가능한 외계 종족이 된 것처럼 영지와 나는 서로의 이름을 부르고 또 불렀다. 먼저 지구의 언어로 돌아온 건 나였다.

"이영지, 너 나한테 할 말 없어?"

"미안해."

"뭐가? 뭐가 미안한데? 너 암 걸린 거 나한테는 말 안하고 내 남편한테만 보여준 거? 왜 말 안 했어? 왜 솔직히 말 안 했냐고!"

"나도 마음의 준비가 안 됐었어. 부끄럽기도 했고."

"뭐가 부끄러워? 병이 부끄럽니? 내 남편한테 보여주는 건 안 부끄럽고?"

"내가 소위 산부인과 전문의네 하면서 방송에도 나와서 떠들어놓고 자궁암 걸렸다는 소문이 나는 게 두려웠어. 그래서 아무한테도 알리고 싶지 않았고 믿을 수 있는 사람이 네 남편밖에 없었어, 미안해."

"그럼 내가 그렇게 오해하게 두면 안 되는 거잖아. 나한테는 말을 했어야 하잖아!"

"네가 다 차단해서 연락도 안 되고, 부모님 댁에 찾아
가도 네가 어디 사는지 모르신다는데, 내가 뭘 어떡해?
그래, 옛날 같음 오해를 풀겠다고 흥신소에라도 찾아가
서 네 주소를 알아냈겠지. 근데 내가……. 그럴 힘이 없
더라. 미안하다, 너 같은 오해대장, 내가 더 신경 쓰고
챙겨줬어야 하는데."

차분한 영지의 목소리에서는 예전 같은 힘이 느껴지
지 않았다. 갑자기 눈물이 터져 나왔다. 나는 길 한복판
에 서 있다는 사실도 잊어버린 채 아이처럼 엉엉 울었다.

"하나야, 너 지금 어디야? 내가 그쪽으로 갈게."

"넌 어딘데?"

"나? 나는 병원에 있는데, 나갈 수 있어. 그러니까 어
딘지 말해봐."

"몰라, 나 너 다신 안 볼 거야!"

전화를 끊고 길바닥에 쪼그리고 앉아 울었다. 나는
가장 친한 친구가 아픈 것도 몰랐다. 내 자궁 안에 생명
이 싹틀 때, 영지의 자궁 안에서는 암세포가 자라고 있
었다니…….

집에 와서 영지와 오랫동안 통화를 했다. 남편과는 아직 통화할 자신이 없었다.

"영지야, 넌 다 나을 거야. 넌 나보다 훨씬 강한 애잖아. 빨리 나아서, 멋진 남자 만나 결혼도 하고 애도 쑥쑥 낳아야지."

"괜찮아, 하나야. 난 결혼 같은 거 안 할 거야."

"어? 왜……."

"하나야, 사랑해. 내 친구."

영지가 특유의 차분한 목소리로 말했다. 그러고는 그녀답지 않게 급히 전화를 끊었다.

아침부터 산부인과를 두 군데나 가고, 28년 후의 미래도 두 번이나 다녀왔더니 온몸의 세포가 파업에 돌입한 것처럼 피곤했지만 잠은 오지 않았다. 미간이 따가울 정도로 머릿속이 복잡했다. 흔히 이런 복잡한 상황에서 소설의 주인공들은 도대체 어디서부터 꼬였을까, 라는 대사를 내뱉지만 내 경우에는 좀 달랐다. 꼬인 지점은 확실했다. 영지를 진찰하는 남편을 목격하고 오해했던, 바로 그 순간부터였다. 남편의 말을 믿고, 이혼하지 않았더라면 아이를 낙태하려는 시도는 하지 않았을 것이다. 하지만 그랬다면 나는 아무것도 모르는 채 아이를 낳다 6개월 후에 죽게 되겠지. 두 사람을 오해한 건 나쁜 일이지만, 오해하고, 이혼하고, 낙태하려고 시도했기 때문에 미래로 갔고, 내가 아이를 낳다가 죽는다는 사실을 알게 되었다.

그러니까 내 경우는 닭이 먼저냐 달걀이 먼저냐에 가까웠다. 뫼비우스의 띠처럼 시작과 끝을 찾을 수 없는 혼란. 그 속에서 한 가지만은 확실했다. 오하나에게는 미안하지만 나는 여전히, 살고 싶었다.

3

다음 날 아침 일찍 일어나 산부인과에 수술 예약이 가능한지 물었다. 의사가 직접 전화를 받더니 열한 시까지 오라고 했다. 나는 병원에 들어가기 전에 옆 건물에 있는 약국에 들러 립밤을 샀다.

"결정하셨어요?"

의사가 물었다.

"예, 역시 지워야겠어요. 부분 마취로요."

"그래요, 그럼 준비하시고 수술실에서 봅시다."

"선생님, 이거요."

의사의 입술은 여전히 거칠어 보였다. 나는 그녀에게 조금 전 약국에서 산 립밤을 내밀었다.

"이게 뭐예요?"

"립밤이요."

"그건 나도 아는데, 이걸 왜……."

"선생님 입술이 건조한 것 같아서요."

"고마워요."

의사가 립밤의 포장을 벗겨 입술에 바르고는 치아를 조금 드러내며 웃었다.

예의 초록색 수술복을 입은 나는 수술대 위에 누웠다. 수술실의 차가운 온도 때문인지 더는 미래에 가고 싶지 않다는 마음 때문인지 몸이 가볍게 떨렸다.

"자, 마취합니다. 따끔."

미래에 가지 않게 해주세요, 기도할 틈도 없이 이제는 친숙해질 것 같은 ― 실리콘 보자기에 감싸서 내던 져지는 ― 느낌이 온몸을 조여왔다. 내가 그곳, 28년 후로 간다는 것을 알 수 있었다. 어느 정도 각오하고 있던 일이었지만 그래도 실망스럽긴 마찬가지였다.

반사적으로 숨을 참고 있었는데 방송이 들리기도 전에 내 머리에 헬멧이 씌워졌다. 헬멧을 씌워주는 사람이 누군지는 보지 않아도 알 수 있었다.

"일단 우리 집에 가요."

오하나가 낮은 목소리로 말했다. 나는 언제나처럼 오하나를 따라 차에 탔다. 12구역 주거단지에 갈 때까지 우리 둘 다 아무 말도 하지 않았다. 오하나는 자동차를 수동주행 모드에 둔 채 운전에 집중하는 척했다. 난생처음 소개팅 자리에 나갔을 때처럼 어색하고 서먹서먹한 분위기가 좁은 차 안을 가득 채웠다. 하긴 어제 오하나의 집에 가서 그 난리를 쳤으니 집에 데려가주는 것만도 다행이었다.

302호에 도착하자마자 오하나는 여주주스 두 잔을 꺼내 왔다. 괜찮다고 사양하고 싶었지만 그럴 수가 없었다. 주스를 한 모금 마시고 인상을 쓰지 않으려다 보니 콧구멍에 저절로 힘이 들어갔다.

"입에 안 맞죠? 딸기주스랑은 차원이 다르겠죠? 딸기는 어떤 맛일지 궁금해요."

갑자기 웬 딸기 타령? 오하나는 내가 딸기를 좋아하는 걸 아는 사람처럼 말했다.

"딸기를 안 먹어봤어요?"

"딸기는 멸종됐거든요."

"그럼 사과나 포도는요?"

"사과랑 포도는 멸종된 건 아니지만, 여주 말고는 귀해서 저희 같은 보통 사람은 먹을 수가 없어요."

뜬금없이 과일에 대해 몇 마디를 하고 나니 다시금 거실에 침묵이 내려앉았다. 만나자마자 집에 가자기에 어제 일에 대한 얘기를 할 줄 알았는데⋯⋯. 조바심에 쓰디쓴 여주주스를 홀짝홀짝 마셨더니 혀가 안으로 말려들어갈 것 같았다.

"오정식 씨, 아니 엄⋯⋯. 오하나 씨가 만날 사람이 있어요."

주스가 바닥을 보일 무렵, 오하나가 입을 열었다.

"누군데요?"

라고 묻고 나서야 오하나가 나를 '오하나 씨'라고 고쳐 불렀다는 사실을 깨달았다.

"우리 아빠요."

오하나의 아빠? 내 남편? 잠깐, 나는 아직 남편을 만날 마음의 준비가 안 됐다니까!

"오하나 씨 아빠가 여기 와 있다고요?"

"네, 아빠는 7구역에서 살고 있으니까 십 분 정도 있으면 도착할 거예요. 미안해요. 제멋대로 연락했어요. 아빠가 오하나 씨는 어차피 자기를 만나고 싶어 하지 않을 거라고 해서."

"아…….."

"어제 오하나 씨가 사라지고 나서……. 아빠랑 오하나 씨에 대한 얘기를 했어요."

작은 목소리로 말하는 오하나의 눈이 빨갰다. 간밤에 내가 잠을 설치는 동안, 28년 후의 미래에 사는 남편과 '내 딸'은 나에 대한 이야기를 하느라 잠을 설친 것이다. 그렇다면 두 사람이 무슨 얘기를 했는지 들어봐야 한다. 어쩌면 그 얘기 속에서 내가 미래로 오는 이유를 찾을 수 있을 것이다.

"우리 아빠 기다리는 동안 산책이라도 할까요?" 오하나가 쭈뼛거리며 말했다. 지금까지 봤던 당당했던 모습과는 사뭇 달랐다.

"혹시 산책…… 싫어요?"

"아뇨, 옷이 좀……."

나는 여기 오는 동안 지겹도록 입고 있었던 초록색 수술용 원피스를 내려다봤다.

"제 옷 빌려드릴게요. 이쪽으로 오세요."

오하나가 나를 방으로 이끌었다. 그녀의 방은 거실만큼이나 소박했다. 나무로 된 책상과 작은 옷장이 있었고, 연하늘색 벽에는 빛바랜 폴라로이드 사진들이 다닥다닥 붙어 있었다. 사진 아래 쓰여 있는 글씨가 눈에 들어왔다. 내 글씨였다.

— 2024년 4월 20일. 파란 하늘이 예쁘다. 엄마가.

그리고 그 옆에는 7이라는 숫자 초가 켜 있는 생일케이크 사진이 붙어 있었다.

— 딸! 일곱 번째 생일 축하해!

역시 내 글씨였다. 이 세계의 나는 아이를 낳다가 죽었다면서 일곱 번째 생일이라니, 혼란스러웠다. 흠흠, 오하나가 목을 가다듬는 시늉을 했다. 그제야 사진에서 눈을 떼고 옷장으로 고개를 돌렸다. 옷장 안에는 청바지와 티셔츠, 운동복, 그리고 사람들을 구조할 때 입는 슈퍼 히어로 복장이 있었다.

"옷이 많진 않지만, 마음에 드는 걸로 골라 입으세요."

나는 주저하지 않고 슈퍼 히어로 복장을 가리켰다.

"저건, 주거단지에서는 입지 않는데……."

진지한 걸 보니 성격은 지 애비를 빼닮았네.

"알아요, 농담이에요."

나는 노란색 티셔츠와 청바지를 골랐다. 그러자 오하나가 하늘색 티셔츠를 주며 말했다. 폴라로이드 사진처럼 선명한 하늘색 티셔츠였다.

"오하나 씨한테는 하늘색이 더 잘 어울려요."

오하나와 나는 3층 계단을 내려와 12구역을 걷기 시작했다. 베란다에 걸린 이불들, 정글짐과 철봉이 있는 놀이터, 어르신들이 쉬는 오두막과 평상…… . 12구역의 풍경은 사진이나 영화로 보던 1980년대의 풍경과 닮아 있었다. 사람들의 민머리만 아니었다면, 28년 후의 미래가 아니라 28년 전의 과거로 간 거라고 해도 믿을 수 있을 것 같았다. 음식점과 미용실 등이 있는 상가를 지나 근린공원에 도착했다. 공원에는 작은 시내가 흐르고, 나무들이 듬성듬성 심겨 있었다.

"이렇게 나무들이 잘 자라는데 사과가 귀해서 못 먹는다고요?"

"이거 진짜 나무 아니에요."

홀로그램인가 싶어 손으로 만져봤다. 진짜 잎사귀,

진짜 나무껍질, 아무리 봐도 진짜 같은데…….

"이게 가짜예요?"

"인공적으로 배양해서 키운 나무거든요. 나무들이 스스로 번식할 능력을 잃었어요."

우리 옆으로 잠자리 한 마리가 날아갔다. 빨간 고추잠자리였다.

"그럼 저 잠자리도 배양해서 키운 건가요?"

"아뇨, 저건 인섹토이드예요. 곤충 모양의 안드로이드죠."

"그런 걸 왜……. 설마 관상용은 아니겠죠?"

"아, 아뇨. 잠자리는 공기정화용이고요. 아무래도 거대정화시스템만으로는 해결할 수 없는 부분들이 있어서요."

"그럼 다른 인섹토이드도 있어요?"

"그럼요, 귀뚜라미도 있는걸요. 곤충마다 조금씩 용도 차이는 있지만, 전부 미세먼지 해결을 위한 것들이에요."

오하나가 집에 있을 때보다 밝아진 얼굴로 설명했다. 나는 고개를 끄덕이다가 문득 하늘을 올려다봤다. 초등학교 때 그림을 그리던 두꺼운 도화지의 뒷면처럼 온통 회색이었다. 매일같이 이런 하늘을 보고 살아야 한다면 우울해지지 않는 게 더 어려울 것 같긴 했다. 당연히 자살을 시도하려는 사람이 늘어날 테고……. 헬멧을 쓰지 않은 채 돔 바깥으로 나가 자살하려는 사람들을 필사적으로 구하는 사람들이 필요할 것이다. 오하나가 없었다면, 나도 미래 세계에 왔을 때 호흡곤란으로 죽게 되었을지도 모른다. 나는 내 딸이 태어나면 죽을 운명이지만, 내 딸이 없었더라면……. 역시 죽는 거였어? 아무도 나를 구해주지 않는 28년 후의 미래에서 뒤집어진 딱정벌레처럼 버둥거리며 죽어가는 내 모습이 눈앞에 스쳐 지나가 나도 모르게 진저리를 쳤다.

"저기 잠깐 앉을까요?"

벤치에 앉으려는데 그녀의 손목에 찬 패드가 푸르게 반짝였다.

"아빠 왔나 봐요. 공원 쪽으로 오라고 할게요."

오하나의 말이 끝나기도 전에 은색 자동차가 공원 입구 주차장에 들어왔다. 그 안에서 내린 사람은 예순 살의 남편이었다. 머리가 하얗게 세긴 했지만, 상상했던 것처럼 호호 할아버지가 된 건 아니었다.

"오랜만이야, 여보."

남편이 말했다. 가까이서 보니 눈가에 주름도 보이고, 관자놀이에 흐릿한 검버섯도 서너 개 보였다.

"잘…… 지냈어?"

"안아봐도 돼?"

남편은 내 말이 끝나기도 전에 물어보고 내가 대답을 하기도 전에 나를 끌어안았다. 나는 어색하게 허공을 움켜쥐던 손을 남편의 등 위에 올렸다. 남편에게서 희미한 소독약 냄새가 났다. 아직도 은퇴하지 않고 병원 일을 하나 보다.

"하나야, 엄마를 잠깐 빌려가마."

남편이 말하자, 오하나가 고개를 끄덕였다. 머리로는 알고 있었지만, 엄마라는 말이 남편의 입에서 나오니 무척 낯설었다. 오늘따라 오하나가 줄곧 서먹서먹한 태도를 보였던 건, 내가 진짜로 과거에서 온 자기 엄마라는 사실을 믿게 되었기 때문이구나.

"하나도 안 변했네."

남편이 말했다.

"당연하죠. 나는 지금 스물여덟인데. 설마 내가 과거에서 왔다는 걸 모르는 건 아니죠?"

"알아, 그래서 내가 여기 온 건데 모를 리가 없잖아.

농담해봤어."

남편이 미소를 지었다. 내가 잘 알고 있는, 장난꾸러기 같은 미소였다.

"당신이 농담도 할 줄 알아요?"

"혼자 있을 때 당신 생각 하면서 실없는 소리를 하다 보니……."

남편이 쓸쓸하게 웃었다.

"이런 말 하기 쑥스럽지만, 보고 싶었다."

그의 눈가가 촉촉하게 젖은 것 같기도 했지만, 내게는 한가하게 남편의 감회를 들어줄 절대적인 시간도, 마음의 여유도 없었다. 28년 만에 나를 만난 남편에게는 미안하지만, 거두절미하고 본론에 들어가기로 했다.

"당신은 알고 있죠? 내가 왜 낙태를 하려고 할 때마다 미래로 오는지."

일부러 '낙태'라는 단어를 썼는데 남편은 전혀 놀라지 않았다.

"응. 그 얘기를 해주러 왔으니까."

그가 차분히 대답했다.

"어떻게 된 건지 설명해줄래요?"

"거대운석 때문이야."

그놈의 운석, 드디어 나왔구나.

"언제 떨어진 건데요?"

"2024년 8월 19일, 그날은……. 우리 딸 하나가 태어나던 날이야. 중국에 정체불명의 운석이 떨어지고 공장 지대에 대폭발이 일어났지. 대폭발 때문인지 운석 때문인지 아시아 지역 일대가 정전됐고 많은 사람이 다치거나 목숨을 잃었어."

"그럼 나도 정전 때문에 죽었어요?"

남편이 힘겹게 고개를 끄덕였다.

"겨우…… 정전 때문에?"

"난산 끝에 제왕절개를 하기로 했는데, 수술 중에 정전이 돼버렸어. 비상전력조차 가동되지 않았지."

가만, 2024년 8월 19일에 오하나가 태어난다면 나는 끝내 낙태에 실패한다는 말인데…….

"당신이 낙태하려고 할 때마다 미래로 오는 이유가 궁금하지?"

남편이 내 속을 읽은 사람처럼 말했다. 나는 눈을 크게 뜨고 고개를 끄덕였다.

"28년 전의 운석은 많은 것들을 변하게 했어. 당신도 봤겠지만 사람이 숨 쉴 수 없을 정도의 고농도 미세먼지는 물론이고……. 운석의 영향으로 시간의 축이 뒤틀렸거든. 그것 때문에 당신이 미래로 오게 된 거야."

"잠깐만요, 시간의 축이 뒤틀렸다니……. 무슨 소린지 전혀 이해가 안 가요."

"평행우주론은 알지? 우리가 사는 세계에 여러 개의 평행우주가 있다는."

남편이 말을 멈추고 나와 눈을 맞췄다. 나는 문과생이라 과학하고는 친하지 않지만 평행우주는 드라마에서 본 적이 있다. 우리가 어떤 선택을 하는 지점에서 갈라진 다른 우주들이 생겨난다는 이론. 나는 계속하라는 의미로 턱을 당겼다.

"운석 때문에 시간의 축이 어긋나면서 몇몇 평행우주가 사라져버렸어."

"평행우주가 사라져요?"

"여기 앉아봐."

남편은 눈앞에 나타난 계단으로 나를 이끌더니 주머니에서 체크무늬 손수건을 꺼내 깔아주었다. 결혼하고 처음 맞은 남편 생일에 넥타이와 세트로 선물한 손수건이었다.

"이거 내가 사준 거네."

"사실 아끼느라고 안 쓰던 건데……."

나는 손수건을 집어 반듯하게 접은 다음 다시 남편에게 건네주고 그의 옆에 앉았다. 남편은 미리 준비해온 듯 주머니에서 작은 트롤 인형 두 개를 꺼냈다. 내 책상 위에 있던 트롤들이었다. 엄지손가락만 한 일곱 개의 트롤은 전부 머리카락 색이 달랐다. 남편이 가져온 건 보라색과 연두색이었다.

"여기 보라색이 A라는 우주에 살고 있는 당신, 연두색이 B라는 우주에 살고 있는 당신이라고 하자. 운석의 영향이 없는 정상적인 상황이었다면 A의 당신은 하나, 우리 딸을 지우고 계속 살아갔을 거야. B의 당신은 하나를 낳다가 죽게 됐을 거고……. 근데 운석으로 인해 A와 B의 세계가 하나로 겹쳐져버린 거지. 2024년 8월 19일부터 A라는 우주는 사라지고 B라는 우주만 존재하게 된 거야. 알겠어?"

끄덕끄덕. 사실은 절반 정도밖에 알아듣지 못했지만, 내가 보라색 트롤이라는 건 알 수 있었다.

"그러다 보니 당신이 수술을 하려고 시도하면 자꾸 이쪽으로 타임워프를 하게 된 거야. B라는 평행우주에서는 당신이 낙태를 하고 살아가는 걸 허락하지 않는다고 해야겠지."

"당신은……. 이런 걸 어떻게 다 알고 있어요?"

"내가 경험한 일이니까."

"아니, 내가 낙태를 하려고 했었고 그때마다 미래로
왔다는 거."

"당신이 얘기해줬으니까."

나는 결국 남편과 화해를 하는구나. 명치부터 목구멍
까지 빼곡히 들어차 있던 자갈들이 얼음으로 만들어진
것처럼 서서히 녹아내리는 기분이었다. 약간은 편해진
마음으로 고개를 들어보니 공원 끝자락에 서서 우리를
보고 있는 오하나가 눈에 들어왔다.

"오하나도……. 전부 알아요?"

응, 남편이 짧게 대답했다.

"나란 인간, 미워하겠네요."

"당신을? 전혀."

"내가 살겠다고, 자기를 없애려고 했던 건데?"

"우리 하나가 그 정도밖에 생각하지 못하는 애라면,
그 먼지 구덩이 속에서 사람 구하는 일을 하고 있겠어?"

남편의 얼굴에 다시 미소가 떠올랐다.

"오히려 당신한테 미안해하던데, 엄마를 살릴 수 있

다면 태어나지 않아도 좋다며……. 많이 울었어. 당신
이 준 편지가 없었더라면, 훨씬 더 힘들어했을 거야."

"편지요?"

"그래, 28년 전 오늘 당신이 내게 준 편지. 그날 당신
은 이혼한 후 처음으로 내게 연락했어. 그리고 내가 알
아들을 수 없는 얘기를 털어놓았지. 나랑 영지 사이를
오해했던 게 부끄러워 이야기를 지어낸 줄 알았는데,
곧 그게 진실이란 걸 알게 됐어."

"어떻게?"

"난 당신 남편이잖아."

남편이 내 입술에 가볍게 입을 맞췄다. 아주 짧은 순
간이었지만 이대로 여기 머물 수 있다면, 그것도 나쁘
지 않을 거란 생각이 들었다.

"이런, 시간이 별로 없네."

남편이 오하나가 차고 있던 것과 비슷한 모양의 밴드
를 보며 일어났다. 나도 덩달아 일어났다. 어느새 오하
나가 남편과 내 앞에 나타나 우물쭈물하고 있었다.

"여보, 우리 딸 한번 안아주지 않을래?"

오하나가 멀뚱히 나를 보며 서 있었다. 나보다 덩치
큰 그녀가 엄마 품을 그리워하는 다섯 살 아이처럼 보

였다. 에라, 모르겠다. 나는 오하나를 향해 팔을 벌렸다. 그녀는 머뭇거리며 내게 가까이 오는가 싶더니, 내 품으로 점프하듯 털썩 안겼다. 양쪽으로 벌어진 내 팔이 자석처럼 그녀의 등에 붙었다. 그녀가 내 허리를 답답할 정도로 감싸 안았고, 나도 질세라 그녀의 등을 꽉 끌어안았다. 내 안에 이런 힘이 있었나 싶을 정도로 센 힘이었다.

"안녕, 엄마."

오하나가 내 귀에 속삭였다. 그녀의 숨결이 귀에 닿은 순간 몸이 따스하고 포근한 이불 속으로 빠져드는 느낌이 들었다. 아스라이 멀어지는 기분. 그리고 나는, 앞으로 다시는 오하나를 만날 수 없다는 것을 직감했다.

"오하나 씨, 괜찮아요?"

의사의 목소리가 들렸다.

"네, 괜찮아요."

"그럼 진행할까요?"

"아뇨, 선생님. 아니에요."

나는 수술 베드에서 몸을 일으키며 말했다. 옷은 어김없이 수술복 차림이었다. 아쉽다. 하나가 골라준 티셔츠, 마음에 들었는데.

"계속 같은 말씀밖에 드릴 수 없지만 신중히 생각하되 결정은 너무 미루면 안 돼요, 알죠?"

의사가 걱정스러운 얼굴로 말했다. 나는 입술이 아프도록 꼭 다물고 의사를 바라봤다. 의사가 라텍스 장갑을 벗고 내 손을 꼭 쥐었다. 손을 자주 씻어서인지 맨손의 느낌은 마른 가죽처럼 뻣뻣했지만, 따뜻했다.

병원에서 나와 집으로 가려는데 꾸르륵, 위장이 먹을 것 좀 달라고 소리를 질렀다. 가장 먼저 눈에 띈 카페로 들어가 샌드위치에 커피를 주문하려다 딸기주스를 주문했다. 창가 자리에 앉아 우걱우걱 샌드위치를 먹었다. 목이 메어 눈물이 찔끔 나왔다.

내가 6개월 후에 죽어야 할 운명이라니…….

스물여덟, 죽음에 대해 생각해본 적이 없다고 하면 거짓말이지만, 그건 말 그대로 추상적인 죽음이었을 뿐이다. 희생 같은 것과도 거리가 먼 삶이었다. 모성애? 모성애는 호르몬이 아니다. 배 속에 14주짜리 태아가 있다고 해서 내 몸속에서 모성애가 생성되는 건 아니다. 솔직히 말해, 무섭다. 다른 선택지가 있다면, 그걸 선택했을 것이다.

으흐흑, 울음이 터져 나왔다. 쪽팔린다고 생각하면서
도 흐느낌을 막을 방법이 없었다. 입에 있는 샌드위치
를 삼켰다고 생각했는데 양상추 조각이 테이블로 떨어
졌다. 누가 보면 남편과 절친이 바람나서 막 이혼한 여
자로 보였을 것이다.

눈이 뻑뻑해지도록 울고 나서 고개를 들었다. 창밖으
로 부지런히 지나다니는 사람들이 보였다. 그중에는 아
이의 손을 잡고 걸어가는 내 또래의 엄마도 있었다. 두
살이나 됐을까, 키가 간신히 엄마 무릎에 닿을까 말까
한 작은 아이였다. 다른 때 같으면 눈여겨보지 않았겠
지만, 지금은 어쩔 수 없이 그들에게 시선이 고정되었
다. 엄마, 엄마, 아이가 멈춰 서서 엄마를 불렀다. 소리
는 들리지 않고 벙긋거리는 입 모양만으로도 엄마를 부
르는 아이의 목소리가 들리는 것 같았다. 엄마, 아니 그
건 아이의 목소리가 아니라 오하나의 목소리였다. 안
녕, 엄마.

카페를 나와 무작정 걸었다. 머릿속으로 많은 상념이
지나갔다.

나는 아마도 폴라로이드 카메라를 살 것이다. 미래의

딸을 위해 생일 축하 사진을 미리 찍어놓을 카메라를.

나는 아마도 편지를 쓸 것이다. 스물여덟 살의 내 딸에게 요 며칠간 내가 겪었던 일을 설명할 편지를.

그리고 나는 아마도 남편에게 전화를 걸 것이다. 하지만 지금은, 그저 샤워를 하고 싶을 뿐이다.

집에 돌아오자마자 옷을 벗어 던지고 욕실로 들어갔다. 샤워기 꼭지에서 따뜻한 물줄기가 쏟아지자 온몸의 긴장이 풀어지는 느낌이었다. 샴푸 하는 것도 미룬 채 그대로 서서 눈을 감았다. 그러자 머릿속에 희미한 영상이 떠올랐다. 푸른 홀로그램 영상이었다. 나는 서서히 배 위에 손을 올렸다. 내 안의 파란 별, 반짝이는 빛이 손끝을 타고 올라왔다. 양손으로 얼굴을 가리고 있던 아기가 천천히 손을 내렸다. 앙증맞은 눈 코 입……. 입이 '오' 모양으로 벌어졌다가 이내 반달 모양이 되었다. 아기의 웃는 얼굴 위로 방울방울 눈물을 흘리던 오하나의 얼굴이 겹쳐졌다.

쿵쿵, 심장이 귓가에서 뛰었다. 내 심장 소리, 그러나 내 것만이 아닌 박동 소리. 너와 나는 하나로 연결되어 있어. 그러니까 괜찮아.

미래의 여자

1

    도시의 경계를 벗어나자 2차선 도로가 지루하게 이어졌다. 유월의 태양은 핸들을 쥔 손등을 익혀버릴 기세로 내리쬐었다. 손등이야 익든 타든 상관없다. 문제는 도로 양쪽에 늘어선 나무들이다. 개기름이 흐르는 사기꾼의 얼굴처럼 번들거리는 진초록 나뭇잎들. 초록은, 지긋지긋한 시골 생활이 내게 남긴 상흔이었다.

    내 어린 시절은 초록으로 둘러싸여 있었다. 대학에 들어가기 전까지 나는 도시적이라고 부를 만한 모든 것들을 홀로그램으로만 접했다. 부모님은 항상 외따로 떨어진 산속이나 바닷가에서 살았다. 가장 가까운 이웃이라고 해도 우리 집에서 십 킬로미터는 떨어져 있었다. 그것도 모자라 우리 집은 4, 5년 주기로 이사했다. 그때마다 나는 도시로 가자고 졸랐지만, 어머니는 난처한 웃음만 지었다.

차라리 비나 왔으면.

나는 입 속으로 중얼거렸다. 세찬 폭우가 앞 유리에 쏟아진다면, 저 볼썽사나운 나무들이 이토록 선명하게 보이진 않을 테니까. 그런 생각을 조롱하듯 길게 늘어진 버드나무 가지가 차창을 스쳤다. 드디어 인내심이 바닥났다. 핸들에서 손을 떼고 눈을 감아버리고 싶었다. 자율주행모드로 바꾸면 되니 불가능한 일도 아니었다. 하지만 그럴 수 없었다. 그렇게 되면 조수석의 아내가 내 손을 잡을 텐데 나는 그녀의 축축하고 작은 손의 감촉이 싫었다. 그녀의 손은 언제나 물을 머금은 스펀지처럼 축축했다. 이런 시골에 처음 와보는 아내는 겁에 질린 소년처럼 보였다. 임신 8개월에 걸맞게 거미처럼 튀어나온 배만 아니라면 짧은 머리에 주근깨투성이 아내에게는 소년이라는 호칭이 더 어울리긴 했다. 아내의 직업이 의사가 아니었다면, 내가 '실수로' 그녀를 임신시켜 결혼하는 일은 없었을 것이다.

현관에 도착해 벨을 누르자 어머니가 직접 문을 열어주러 나왔다. 가사도우미 낸시에게 시키거나 문 열어, 라는 한마디로 출입문을 작동시킬 수 있음에도 어머니는 밖에서 돌아오는 나를 위해 문을 열어주는 순간을 가장 행복하게 여겼다. 오늘로 막 50세가 된 내 어머니 박수진 여사는 여전히 아름다웠다. 지나가던 남자가 무심코 돌아볼 정도의 매력을 가졌으면서도 사람들로부터 철저하게 고립되어 살아온 어머니의 인생을 나는 이해하기 힘들었다.

의식적으로 아내의 손을 잡고 집 안으로 들어갔다. 휠체어에 앉은 일흔 살의 아버지는 서재에서 나오며 우리를 반갑게 맞아주었다. 아버지는 며느리를 향해 웃고 있었지만, 올라간 입꼬리는 금방이라도 경련을 일으킬 것처럼 불안정해 보였다. 그러나 그 사실이 내 신경을 건드리진 않았다. 아버지는 원래 편집증 환자 같은 면이 있었기 때문이다. 그는 등에 커다란 등산 가방을 짊어진 사람처럼 무언가에 억눌린 채 살아왔다. 작가라는

직업에 따른 창작의 고통이라고 뭉뚱그리기에는 어딘
지 모르게 음침한 면이 있었다. 반면 어머니를 향한 태
도는 지나치게 낭만적이었다. 내가 아버지처럼 성공한
작가가 되지 못하는 이유는 낭만을 혐오하는 실리적인
성격 탓인지도 모른다.

어머니의 생일파티에는 아버지, 어머니, 나, 아내, 그
리고 아내 배 속에 있는 아기까지 총 다섯 명이 모였다.
외딴 시골에서 은둔자처럼 사는 아버지에게는 친구는
물론 친척도 없었다. 아버지의 어릴 적 앨범을 보면 친
척들이 몇 명 있는 것 같지만, 내가 태어난 이후의 사진
에는 아버지와 어머니, 나 이외의 사람이 전혀 찍혀 있
지 않았다. 가끔은 그 이유가 궁금했지만 아버지에게
물어본 적은 없었다.

다들 모였으니 시작해볼까.

어머니가 차분한 목소리로 말하자 아버지가 낸시의
도움을 받아 생일케이크를 테이블로 가져왔다. 50개의
초를 켠 직사각형의 케이크였다. 액체금속으로 만들어
진 낸시의 은빛 동체에 주홍색 불꽃이 반사되었다.

어머님, 어서 불을 끄고 소원을 비세요.

아내가 평소보다 밝은 톤으로 말했다. 나는 테이블

아래로 손을 맞잡은 아버지와 어머니의 눈가가 촉촉하게 물드는 것을 보았다. 두 사람은 비밀을 공유하는 은밀한 동지처럼 서로를 바라봤다. 30년을 함께 살아온 부모님의 애정이 깊다는 건 지겨울 정도로 지켜봤지만, 오늘 둘 사이에는 다른 날보다 더 각별한 뭔가가 있어 보였다. 낸시가 집 안의 전등을 모두 끄고 블라인드를 내려 햇빛을 차단하자, 50개의 촛불이 타고 있는 케이크만이 어머니의 가슴 앞에서 빛났다.

소원을 비는 동안 다들 눈을 감아주지 않겠니?

아내는 내 쪽을 한번 쳐다보고는 얼른 눈을 감았다. 나도 어머니다운 주문이라고 생각하면서 눈을 감았다.

눈을 떴을·때, 어머니는 사라지고 없었다. 글자 그대로 흔적도 없이 사라져버린 것이다. 이상했다. 눈을 감고 있는 동안 움직이는 기척이 전혀 느껴지지 않았는데.

놀란 아내는 의자에서 일어나 배에 손을 올린 채 숨을 헐떡였다. 그런데 아버지는 어머니의 이름을 부르며 낮게 흐느낄 뿐이었다. 나는 어머니를 찾기 위해 집 안 곳곳을 돌아다녔지만 어머니의 모습은 어디에도 보이지 않았다. 모든 곳을 둘러보고 마지막으로 주방 옆 다

용도실의 문을 열었다. 다용도실은 한동안 열지 않은 듯 매캐한 공기와 차곡차곡 쌓인 생필품들로 채워져 있었다. 어쩔 수 없이 어머니의 부재를 인정해야 했다.

네 엄마는 오늘 새로 태어난 게야. 그러니 네 엄마를 찾을 생각은 하지 말거라.

눈가가 벌겋게 물든 아버지가 휠체어를 밀고 다가와 고개를 천천히 가로저으며 말했다. 나는 아버지가 어머니를 잃은 충격으로 미쳤다고 생각했다. 아버지는 부정하고 싶겠지만, 어머니는 우리를 떠난 것이다. 어떤 사정으로 아버지를 떠나야 했는지 몰라도, 이렇게 극적인 방식을 택해야 했었는가에 대해서는 의문이 들었다. 게다가 어머니가 어떻게 불과 몇 초 만에 우리 앞에서 완벽하게 모습을 감췄는지에 대해서도 논리적인 설명은 불가능해 보였다.

어머니가 사라진 후, 더욱 쇠약해진 아버지는 손자를 보지 못하고 눈을 감았다. 아내의 출산 예정일을 일주일 앞두고서였다.

아버지의 장례를 치르고 나서 유품 정리를 위해 아버지 집으로 갔다. 가구나 가재도구, 옷가지 등 잡다한 것들이야 어제 임무해제─임무해제된 안드로이드는 폐기처분된다—된 낸시가 전부 정리해놓았지만, 아버지의 서재만큼은 내가 직접 정리하고 싶었다. 서재에 들어가자, 오래된 책 냄새가 후각을 자극했다. 아버지가 살아 있을 때와 마찬가지로 책상과 바닥에 어지럽게 쌓여있는 책들을 보자 어디서부터 정리해야 할지 막막했다.

서랍 정리부터 할 요량으로 첫 번째 서랍을 열었다. 서랍에는 지우개가 달린 연필 두 자루와 만년필이 있었다. 만년필촉에서 새어나온 잉크는 서랍 바닥에 동그란 얼룩을 만들어놓았다. 안쪽을 들여다보자 종이뭉치가 보였다. 꺼내 보니 단편소설 분량의 원고였다. 첫 장에는 '미래의 여자'라는 제목이 있었다. 아버지의 소설인가? 내가 알기로 아버지는 병에 걸린 후부터 신작을 쓰지 않았는데⋯⋯. 호기심에 원고를 넘겼다. 두 번째 장한가운데 이런 문장이 타이핑되어 있었다.

'이 소설은 나의 인생, 단 한 명의 독자는 나의 아들일 것이다.'

결벽에 가까울 정도로 작품에서 자신을 드러내지 않던 아버지가 자전적인 소설을 썼다니, 나는 적잖은 충격을 받았다. 게다가 단 한 명의 독자라니, 이 소설은 출간을 목적으로 쓴 것이 아니란 말인가? 그렇다면 이 글은 소설의 형식을 빌린 유언장 같은 걸까?

나는 수수께끼를 풀기 위해 황급히 첫 장을 넘겼다.

2

윤의 두 번째 아내는, 미래에서 온 여자였다.

소설가인 윤은 마흔 살에 교통사고로 첫 번째 아내를 잃었다. 중앙선을 넘어 돌진하는 트럭을 피하다가 가드 레일을 들이받고 전복된 사고였다. 정신을 잃었던 윤이 눈을 떴을 때, 아내의 창백한 이마에는 검붉은 지렁이가 붙어 있었다. 지렁이는 꿈틀거리며 아내의 미간으로 내려왔고, 콧잔등에서 두 갈래로 갈라졌다. 아내는 근지럽지도 않은지 초점 잃은 눈을 반쯤 뜬 채 멍하니 있었다. 윤은 아내의 얼굴에서 지렁이를 떼어내야 한다고 생각했다. 하지만 바깥쪽으로 틀어진 오른팔이 마음대로 움직이지 않았다. 다시 정신을 잃을 때까지 윤은 아내의 얼굴을 뒤덮은 지렁이가 피라는 사실을 알아차리지 못했다. 지나가던 운전자가 119에 신고해 구급차가 오고 나서야 의식을 되찾은 윤은 피투성이 아내를 보며 절규했다.

부러진 팔을 제외하면 윤의 부상은 가벼운 찰과상과 뇌진탕 정도였지만, 아내의 뇌는 심각한 손상을 입은 상태였다. 아내는 여덟 시간의 수술과 8일간의 사투 끝에 세상을 떠났다. 기적이 일어나길 바라진 않았다. 그러나 아내의 사망선고를 받은 순간, 그의 내면을 받쳐주던 중심 같은 것이 흐물흐물 녹아내렸다.

운전대를 잡고 있었다는 죄책감에서 벗어날 수 없었다. 차가 가드레일을 들이받기 직전 자신에게 유리한 방향으로 핸들을 틀었던 장면이 유리 파편처럼 뇌리에 박혀 있었다. 침대에 누우면 녹슨 철근이 가슴을 짓누르는 것 같았다. 고통에 몸부림치다 새벽녘에 선잠이라도 들라 치면 붉은 지렁이로 뒤덮인 아내의 얼굴이 어김없이 다가왔다. 그리고 코가 맞닿을 정도로 가까워지면 꿈틀거리던 지렁이들이 꼿꼿하게 곤두서서 그의 얼굴로 파고들었다. 그때마다 윤은 얼굴을 쥐어뜯으며 잠에서 깨어났다. 얼굴에서 손톱자국이 차지하는 면적이 멀쩡한 피부보다 넓어졌을 때, 그는 악몽을 끝내기로 했다.

고층 건물 옥상에 올라가고, 더운물을 채운 욕조와 예리한 면도날을 준비하고, 어두운 경로를 통해 권총을 사고, 수건걸이에 압박붕대를 매봤지만, 매번 마지막 순간에 용기를 잃고 말았다.

윤은 실패를 반복하는 자신을 조소했다. 그리고 한 번에 죽을 수 없다면 영양실조라도 걸려 서서히 죽어가 자고 생각했다. 어차피 위스키 이외에는 아무것도 목으 로 넘어가지 않았다.

그날 저녁에도 윤은 위스키를 마시며 자신의 세계와 동떨어진 뉴스 화면을 쳐다보고 있었다.

산업경제부는 알파로봇사에서 제작, 판매한 6세대 가 사도우미 안드로이드 낸시에서 일부 결함이 발견돼 자 발적인 리콜을 한다고 밝혔습니다. 리콜 대상은 2116년 에서 2118년에 생산한 모델 약 154,000대입니다. 리콜 이유는 달걀 요리를 할 때 껍데기가 들어가도 감별하 지 못하는…… 연강대학교의 정찬영 박사가 개발한 미 세먼지 제거용 귀뚜라미가 상용화 단계에 접어들었습 니다. 곤충 로봇을 환경에 응용한 사례는 영국에서 개 발한 인공수분용 꿀벌 로봇에 이어 두 번째로…….

따분해진 윤이 텔레비전을 끄려던 순간, 그의 인생 을 바꿔버린 뉴스가 나왔다. 시간 여행자 황 모 씨가 타임 패러독스를 일으켰다는 뉴스였다. 경찰은 어떻게 황씨가 자신이 존재하는 시대로 여행하게 됐는지 자세한 사고 경위를 조사하고 있으며, 유족은 타임 트래블사의 과실을 추궁하기 위해 소송을 준비 중이라는 내용이었다. 나른하게 늘어져 있던 신경 줄이 팽팽하게 조여졌다. 큰 결단 없이 악몽을 끝낼 방법을 드디어 찾았기 때문이었다. 과거 혹은 미래의 '나'가 존재하는 시대로 시간 여행을 갈 수만 있다면―하나의 우주에서 동일한 사람이 존재할 수 없다는 법칙에 따라―뉴스에 나온 여행자처럼 세상에서 흔적도 없이 사라지게 된다. 망설일 틈도 없이 소멸해버리는 것이다. 그러나 과거로 가는 시간 여행은 법으로 금지되어 있고, 미래로 가는 여행도 예상 수명에 최소 20년을 더한 시대로만 갈 수 있었다.

그렇다면 일단 미래로 가보자. 가서 시간 여행의 허점을 찾아보자.

당장에라도 패러독스를 일으켜 사라지고 싶었지만, 현재로서는 이 정도로 타협해야 했다. 윤은 무력하고 비겁한 자신을 저주하며 시간 여행 업체를 검색했다. 타임 트래블사는 사고가 났으니 당분간은 관리가 강화

될 것이다. 그곳을 제외하고 몇 군데 업체를 살펴보다
가 딱 맞는 회사를 찾았다. '시간의 터널'이라는 신생
업체였다. 고객 평점 0.8점, 10점 만점에 1점도 안 되는
업체로 몇 건 안 되는 이용 후기도 죄다 불평불만뿐이
었다.

　다음 날 아침, 윤은 시간의 터널사에 전화를 걸었다.
수화기 너머에서 쇳소리가 섞인 남자의 목소리가 들렸
다. 오후 두 시로 예약을 한 뒤 욕실로 들어가 천천히 몸
을 씻고 오랜만에 공들여 면도했다.
　시간의 터널사는 낡은 오피스텔 건물에 있었다. 사무
실에선 매캐한 먼지 냄새가 코를 찔렀다. 테이블 위에
는 먹다 남은 컵라면 용기, 콜라병, 과자봉투 등이 나뒹
굴었고, 구석에는 정체 모를 고철 더미가 잔뜩 쌓여 있
었다. 무궁한 발전을 기원합니다, 분홍 리본이 비스듬
히 매달린 난초 화분에는 썩은 파 같은 잎사귀 몇 개가
늘어져 있었다.
　윤은 책상 위의 명패를 보았다. 투명한 명패에 박동
훈 대표라는 글자가 새겨져 있었다. 냐옹, 어디선가 고
양이 소리가 나더니 꼬리를 꼿꼿이 세운 검은 고양이가

그에게 다가왔다. 턱시도 차림에 예식 장갑을 낀 것처럼 발만 하얀 놈이었다.

"계십니까."

윤이 목소리를 높였다. 그제야 화장실 안에서 물 내리는 소리가 들리고 도마뱀처럼 생긴 남자가 헐렁한 작업복 바지를 추켜올리며 나왔다.

"어서 오십시오. 박동훈입니다. 오전에 전화 주신 분이죠? 찾아오시느라 힘들진 않으셨는지."

동훈이 오른손을 내밀었다. 볼일을 보고 손을 씻지 않았을 것 같았지만, 윤은 별수 없이 내민 손을 맞잡았다.

"일단 앉으시죠."

동훈의 말에 윤은 귀퉁이가 터져 누런 스펀지가 비어져 나온 소파에 앉았다. 동훈은 작업복 뒷주머니에 꽂아뒀던 태블릿을 꺼냈다.

"몇 가지 간단한 신상만 여쭙겠습니다. 성함이 어떻게 되시죠?"

"윤입니다."

"나이는요?"

"마흔이요."

"직업은……."

"소설가입니다."

"오, 작가 선생님이시군요. 제 단골 중에 작가분들이
좀 계시죠. 선생님도 미래 시대에 관한 이야기…… 그
러니까 SF를 쓰십니까?"

"아뇨."

윤은 잡담을 나누고 싶지 않다는 기색을 노골적으로
드러냈다.

"아, 네. 제가 괜한 질문을 드렸나 보군요. 그럼 본론
으로 들어가겠습니다. 선생님께서는 몇 년도로 가실 계
획입니까?"

"50년 후, 2168년으로 가고 싶습니다."

윤의 예상 수명은 70세. 2148년보다 먼 미래로 가면
타임 패러독스는 일어나지 않는다. 그나마 50년 후가,
법이 윤에게 허용하는 가장 가까운 미래다. 시간 여행
의 허점을 찾기 위해서는 최대한 가까운 미래로 가는
편이 나을 것 같았다.

"선생님, 예상 수명을 좀 측정해봐도 되겠습니까?"

"물론입니다."

동훈은 책상 위의 예상 수명 측정기를 집어 쌓인 먼
지를 후 불고는 윤의 앞에 내밀었다. 측정기 센서에 엄

지를 갖다 대자, 몇 초 후 70이라는 숫자가 깜박거렸다.

"죄송합니다. 요즘 패러독스 사고니 뭐니 말이 많아서……"

"괜찮습니다. 이해합니다."

"출발은 내일 오후 다섯 시 반이니까 공항에는 한 시간 정도 미리 가 계시는 게 좋을 겁니다. 도착은 현지 시각으로 오후 일곱 시, 체류 가능한 시간은 세 시간이니까 밤 열 시까지 공항으로 돌아오시면 됩니다. 미래에 가시면, 음식이나 음료를 사 먹을 수는 있지만, 물품 반입은 불가합니다. 자세한 내용은 제가 전송해드린 가이드북을 보시면 됩니다. 문의사항 있으시면 언제든지 연락 주십시오."

다음 날 윤은 공항으로 갔다. 평일 오후라 그런지 공항에는 효도 관광을 가는 듯한 노인들이 대부분이었다. 그들은 대기실에 모여 즐겁게 얘기를 나누고 있었다. 탑승 수속을 기다리는 동안, 윤은 개미 한 마리 빠져나갈 틈도 없어 보이는 말끔한 공항을 둘러보았다. 황 씨는 어떻게 자신이 존재하는 미래로 갈 수 있었을까. 사고였을까. 아니면 그도 윤처럼 이 세상에서 사라지고 싶었을까.

탑승이 시작됐고, 시간 여행자들은 날개 없는 비행기처럼 생긴 타임머신에 올라탔다. 내부 구조도 비행기와 거의 비슷했지만 창문은 없었다. 출발 시간이 되자 타임머신이 이륙한다는 방송과 함께 좌석 벨트 표시등이 들어왔다. 활주로를 타고 속도를 내던 동체가 떠오르자, 몇몇 좌석에서는 탄성이 들렸다. 잠시 난기류를 만난 듯 흔들리던 타임머신은 곧 진공 상태에 들어간 것처럼 안정되었다.

윤은 앞좌석 등받이의 화면을 응시했다. 화면에는 영화나 음악, 게임, 독서 등 비행시간을 지루하지 않게 보낼 다양한 메뉴가 있었다. 하지만 윤의 눈은 스크린 한구석의 숫자에만 박혀 있었다. 2119, 2120, 2121, 2123……. 현재 몇 년도를 지나고 있는지 표시하는 숫자가 천천히 바뀌고 있었다. 윤은 공연한 조바심에 가슴이 답답했다. 좌석 벨트 표시등이 꺼지자마자 화장실로 가서 변기 뚜껑을 내리고 그 위에 주저앉았다. 일반 비행기의 화장실처럼 친숙한 공간은 그에게 묘한 안정감을 주었다.

화장실 안에서 울렁거리는 속을 진정시킨 윤은 숫자

를 보지 않기 위해 화면을 꺼버려야겠다고 생각했다. 하지만 자리에 돌아오자마자 뭔가에 홀린 사람처럼 화면 속 숫자를 보았다. 한 시간 정도 지나자 숫자의 변화는 눈으로 알아보지 못할 정도로 빨라졌다.

2166, 2167, 2168……. 다시 숫자를 읽을 수 있게 되자 기계가 서서히 속력을 줄였다. 마침내 착륙한다는 방송이 나오고 타임머신이 공룡 같은 괴성을 질렀다. 사람들은 흔들리는 의자에서 귀를 막거나 몸을 웅크렸다. 그 상태로 몇 초가 흐르고 마침내 타임머신은 배부른 공룡처럼 낮게 그르릉대며 멈췄다.

윤은 미세한 두통을 느끼며 밖으로 나왔다. 50년 후의 공항은, 세월의 직격탄을 맞은 것처럼 낡아 보였다. 공항을 빠져나온 윤은 가장 먼저 눈에 띈 편의점에 들어갔다. 그리고 초콜릿 하나를 샀다. 초콜릿의 유통기한을 보고서야 자신이 미래로 왔다는 걸 실감했다.

미래의 거리는 화려하면서도, 한편으로는 공항처럼 낡은 느낌이었다. 수많은 홀로그램 광고들을 지나쳐가며 윤은 자신이 시간 여행 온 목적을 되새겼다. 그런데 이상하게 마음이 술렁였다. 죽음에 대한 갈망과 죄책감이 희미해지고, 그 자리에 묘한 해방감이 들어찼다. 너무나 오랜만에 편히 숨 쉴 수 있게 되자 좀처럼 자신의 목적에 집중하기 힘들었다.

한참을 걷다 보니 현란한 네온사인이 번쩍이는 골목으로 접어들었다. 골목 입구에는 칵테일 잔 모양의 라임색 네온 간판이 달린 바가 있었다. 마침 갈증을 느끼던 윤은 바 안으로 들어갔다. 습한 공기와 사이키델릭한 음악이 그를 맞이했다. 좁은 통로를 지나자 대학 강당 크기만 한 넓은 공간이 나타났다. 근처에 대학이라도 있는지 바는 학생처럼 보이는 젊은 사람들로 북적였다. 조용하게 맥주나 마시고 싶었던 윤은 도로 나가려 했지만 화장실 푯말 앞, 구석진 자리에 앉은 여자애를 보고 멈춰 섰다. 술집에 들어왔으니 미성년자는 아니겠지만, 기껏해야 열여덟 살 정도로 보이는 여자애는 울고 있었다.

윤은 여자애의 테이블이 보이는 방향에 앉아 생맥주를 주문했다. 여자애에게 말을 걸거나 여자애를 달래줄 생각은 전혀 없었다. 생맥주와 볶은 땅콩이 기본 안주로 나올 때까지 여자애는 울음을 멈추지 않았다. 맥주를 마시며 여자애 쪽을 무심코 보다가, 눈이 마주쳤다.

순간 여자애의 눈이 위아래로 벌어졌다. 여자애는 자기 앞에 있던 칵테일 잔을 만지작거리다가 뭔가를 결심한 듯 아랫입술에 침을 바르고 윤에게 다가왔다.

"저…… 실례지만 뭐 좀 물어봐도 될까요?"

여자애가 말했다. 뜻밖의 상황에 윤이 마른침을 삼키자 유난히 튀어나온 그의 목울대가 위로 올라갔다가 제자리를 찾았다. 시간 관리법에 의하면, 시간 여행자는 현지인과 말을 섞는 것이 금지되어 있지만, 허울뿐인 법을 굳이 지키고 싶은 생각은 없었다.

"그러시죠."

"초면에 죄송한데…… 혹시 제 또래의 아들이 있지 않으세요?"

"네?"

"아, 그게, 제가 아는 사람과 너무 닮아서요. 어쩌면 그 사람 아버지일지도 모른다는 생각이 들어서……."

"아닙니다. 저는 아들이 없습니다."

윤은 호쾌하게 대답하고는 속으로 덧붙였다. 그리고 딸도 없지요. 저는 불임이거든요.

"죄송합니다. 제가 실례를 했네요."

얼굴이 붉어진 여자애가 황급히 자리로 돌아가려 했

다. 아내가 죽고 나서 누구와도 대화다운 대화를 해본 적이 없었다. 눈앞의 여자애가 50년 후의 사람, 다시 보지 않을 사람이라는 사실이 윤에게 용기를 주었다.

"잠깐만요. 시간 괜찮으면 같이 얘기라도 할래요?"

여자애가 윤을 쳐다봤다. 굳어졌던 얼굴이 금세 풀어지며 반달눈이 되었다.

"좋아요."

윤은 맥주잔을 들고 여자애—그녀의 이름은 수였다—가 있는 테이블로 자리를 옮겼다.

"죄송해요. 사실은 제 남자친구랑 비슷하게 생기셔서 그 애 아버지가 아닐까, 생각했거든요."

"괜찮습니다. 세상에는 닮은 사람도 있는 법이지요."

비록 자기 나이의 절반밖에 되지 않았지만, 미래 세계의 사람과 대화를 나눈다는 사실만으로도 윤은 기쁨 비슷한 감정을 느꼈다. 몇 시간 전까지 심각하게 죽음을 생각했던 사람이 맞는지 의심스러울 정도였다. 공항에서 나왔을 때의 해방감과 지금의 설렘. 바에 앉아 있는 자신이 자신의 껍데기를 쓴 다른 사람 같았다. 실질적으로는 자신이 존재하지 않는 시간에 왔기 때문일까?

"무슨 생각 하세요?"

수가 윤을 말끄러미 보며 물었다.

"아, 혹시 남자친구랑 싸웠나 해서요."

"네?"

"일부러 보려고 했던 건 아닌데……. 아까 울고 있는 걸 봤어요."

"아, 아니에요. 실은 6년 전 오늘, 부모님이 사고로 돌아가셨거든요."

"저런, 내가 괜한 질문을……. 미안해요."

수가 힘없는 미소를 지어 보였다.

"근데 오늘 같은 날 왜 혼자……. 여기서 남자친구를 만나기로 했나요?"

"아니요. 남자친구는 일이 있어 부모님 댁에 갔어요."

"그래요, 이런 날 혼자 있으니 부모님이 더 그립겠네요."

"글쎄요. 정확히 말하자면 그리운 건 아니에요. 아니, 어쩌면 그렇다고 할 수도 있겠지만 오히려 그 반대에 가깝겠죠."

윤은 수의 말을 잘 이해할 수 없어 묵묵히 고개만 끄덕였다.

"부모님이 돌아가신 날인데, 별로 슬프지 않았어요. 아침에 일어나 창밖을 보면서 오늘은 미세먼지 농도가 엄청 짙은 날이구나, 하는 것처럼 오늘은 부모님이 돌아가신 날이지,라고 생각했거든요. 그러다 문득 깨달았어요. 엄마 아빠가 내 기억 속에서 희미해져간다는 건 그들을 두 번이나 죽게 하는 일이라는 걸."

"무슨 말인지 알 것 같아요."

"아저씨도 소중한 사람을 잃은 적이 있어요?"

"네. 얼마 전 사고로 아내를 잃었어요."

역시 다시 만날 일이 없다는 것을 핑계 삼아, 수에게 자신의 사연을 털어놓기로 했다.

"저는 시간 여행자입니다. 50년 전의 과거에서 왔어요."

갑작스러운 고백에 수가 입을 딱 벌렸다.

"저를 시간 관리국에 신고하진 않으실 거죠?"

"그럼요. 전 아저씨 이야기를 듣고 싶어요."

미래의 맥주로 목을 축인 윤은 사고가 나던 날 아침, 아내와 가볍게 싸웠던 일부터 얘기하기 시작했다.

"자살할 방법을 찾으러 미래로 왔다구요?"

"그런 셈이죠."

수는 말문이 막힌 듯 입을 꼭 다문 채 윤을 쳐다봤다.

"제가 이런 말씀 드려도 될지 모르겠지만……. 아내 분께 일어난 일은 아저씨 책임이 아니에요. 너무나 안타까운 일이긴 하지만……. 가만, 아저씨 이름이 뭐라고요? 다시 한번 말해줄래요?"

윤은 수에게 자신의 이름을 말했다.

"어, 혹시 아저씨 작가예요?"

"어떻게 알았어요?"

"「열한 개의 손가락」으로 등단했죠?"

"네."

"우아, 그럼 제가 그 유명한 작가님과 얘기를 나누고 있단 말이에요?"

"제가…… 유명한가요?"

"당연하죠. 세계에서 알아주는 다니엘 헨더슨상을 받았는데."

"무슨…… 상이요?"

"다니엘 헨더슨상이요. 아, 아저씨가 수상한 게 24회였으니까 50년 전에서 온 아저씨는 잘 모르겠네요."

테이블 위로 엎어질 듯 몸을 기울인 수의 볼이 발갛게 상기되어 있었다. 윤은 얼떨떨한 기분으로 물었다.

"문학에 관심이 많은가 봐요."

"제 전공이 국문학이거든요. 우리 여기서 나가요."

"어딜 가려구요?"

"몰라서 물어요? 당연히 서점이죠!"

수는 가벼운 발걸음으로 앞장섰다. 두 블록 정도 떨어진 건물 지하에 대형서점이 있었다. 서점에서 윤의 책을 찾는 건 어렵지 않았다. 그의 소설들은 서점 한가운데 마련된 별도의 진열대에 보기 좋게 놓여 있었다. 윤은 자신의 첫 소설집을 집어 들고 책날개를 펼쳤다. 저자의 약력을 보기 위해서였다.

2078년 대한민국 서울에서 태어났다. 2096년 도시공학 전공으로 연강대학교에 입학해, 2년 후 국문학으로 전공을 바꾸었다. 2103년 첫 단편 「열한 개의 손가락」을 발표했고 이듬해 장편 『얼굴도둑』으로 문화예술부에서 수여하는 올해의 문학상을 받았다. 이후 활발한 집필 및 강연 활동을 했으나 마흔 살 되던 해부터 대중들 앞에 모습을 드러내지 않고 은둔에 들어갔다. 2132년 다니엘 헨더슨상 수상, 2148년 교외의 자택에서 지병으로 사망했다.

70세에 사망이라, 역시 예상 수명대로 사는군. 결국 자살하지 못한다는 뜻이었다. 윤은 자신의 나약함에 체념하며 무심코 책을 뽑아 들었다가 다시 책장에 꽂았다. 아직 자신이 쓰지 않은 책, 미래의 물품을 현재에 반입하는 일은 불가능하다. 하지만 윤이 진짜로 두려워하는 건 단속이 아니었다. 첫 문장에 불과하더라도 자신이 미래에 쓴 글을 보고 영감을 받는 일은 반칙이나 다름없었다.

"이만 나가죠."

윤이 굳어진 입가를 억지로 끌어올리며 말했다.

"왜요? 별로 기쁘지 않아요?"

수는 흥분이 지워지지 않은 얼굴로 서점을 나왔다. 이제 여행 시간은 30분 정도 남아 있었다. 윤은 공항으로 갈 생각이었다.

"아저씨, 저한테 좋은 생각이 있어요."

뒤따라오던 수가 윤의 어깨에 멘 가방을 잡아당기며 말했다.

"아저씨는 마흔다섯 살 이후에 쓴 작품으로 성공했으니까, 그 작품들을 과거로 가져가는 거예요."

"그럴 순 없어요."

"왜요? 어차피 아저씨가 쓴 건데."

"그건 반칙이니까요."

"이 정도 반칙은 써도 되지 않을까요? 성공을 겨우 5년 앞당기는 거니까요."

"미안해요. 그만 돌아가봐야겠어요."

윤의 말에도 수는 서점으로 뛰어들어갔다. 어쩔 수 없이 그녀가 나오길 기다렸다. 잠시 후 계단을 올라오는 그녀의 손에는 윤의 책이 한 권 들려 있었다. 그녀는 윤을 보고 빙긋 웃더니 핸드백에서 펜을 꺼내 책 표지 안쪽에 자신의 전화번호를 적었다.

"자, 여기 제 연락처가 있어요. 이 책을 안 가져가면 아저씨는 제 연락처를 알 수 없겠죠?"

윤은 수가 내민 책을 받아 들고 말았다. 수와 재회할 가능성을 열어두고 싶어서였다. 다시 안 볼 사람이라 속내를 털어놨으면서 그것 때문에 다시 만나고 싶어 하다니, 이 상황이야말로 역설적이군. 윤은 쓴웃음을 지으며 공항으로 향했다.

탑승 수속이 시작되고 두 사람은 담백한 작별인사를 나눴다.

"다음에 또 미래로 오시게 되면 저한테 연락 주세요. 그리고 절대 죽지 마세요."

죽지 말라는 수의 말에 윤이 어깨를 으쓱했다. 그는 분명히 70세까지 산다.

"제 말은, 죽으려는 생각도 하지 말라는 뜻이에요."

수가 활짝 웃었다. 윤은 그녀에게 손을 들어 보이고 출국장 안으로 들어갔다.

물품 검색대 위에 가방을 올린 윤의 손바닥에서 끈적한 땀이 배어 나왔다. 엑스레이 투시기를 통과하는데 검사관이 책을 가리키며 저건 뭐냐고 물었다.

"그냥 책입니다. 타임머신 안에서 읽으려고 가져왔었죠."

목소리가 가늘게 떨렸고, 심장의 두근거림이 귀에서도 느껴졌다. 역시 괜한 짓을 저질렀다며 후회하는데, 검색대 뒤편에 서 있던 남자가 검사관의 옆으로 왔다. 머리를 단정하게 빗어 넘긴 남자는 승무원인 듯 베이지색 유니폼을 입고 있었다. 그가 검사관의 귀에 대고 뭐라 속삭였다. 검사관은 남자와 짧게 시선을 교환하더니 다음,이라고 외쳤다. 윤은 허술한 보안에 감사하며 탑승 게이트로 걸음을 재촉했다.

타임머신이 이륙하고 진공 상태처럼 조용한 궤도에 들어섰다. 눈을 좀 붙이자고 생각하는데 누군가 윤의 자리로 다가왔다. 검색대에서 봤던 남자였다.

"선생님, 잠깐 시간 괜찮으실까요?"

남자가 잘 만들어진 미소를 지으며 물었다.

"무슨 용건이시죠?"

"따라오시죠."

남자는 윤의 질문에 대답하지 않고 앞장서 갔다. 하는 수 없이 좌석 벨트를 풀고 남자를 따라갔다. 선체 앞으로 가니 미팅룸이 있었다. 미팅룸 안에는 바닥에 고정된 정사각형 테이블과 네 개의 의자가 있었고, 안쪽에는 커튼으로 분리된 별도의 공간이 있었다. 남자는 윤에게 앉으라고 권한 뒤 입을 열었다.

"우리는 선생님이 미래의 책을 밀반출하려는 걸 알고 있습니다."

"어, 어차피 제가 쓴 책입니다."

변명답지 않은 변명을 하는 윤의 목소리가 떨렸다.

"아, 놀라지 마십시오. 저희는 선생님을 신고하려는 게 아니니까요. 와인이라도 한잔하시겠습니까?"

윤이 고개를 끄덕이자 남자가 커튼 뒤로 사라졌다.

잠시 후 남자는 자줏빛 액체가 든 와인잔을 가져왔다. 그리고 아까보다 한결 부드러워진 표정으로 잔을 건넸다.

"과거에서 오셨으니 잘 모르시겠지만, 올해 초 대통령 선거에서 자유민주당 후보가 당선되면서 시간 여행을 금지하자는 목소리가 커지고 있습니다. 타임 패러독스의 위험성 때문이라는데, 패러독스 사고가 간간이 일어나긴 합니다만…… 솔직히 말해 일반 여객기 사고, 아니 엘리베이터 사고보다 적은 건수입니다. 그런데도 여론몰이를 위한 정부의 입김으로 시간 여행만 유독 도마 위에 오르곤 하죠."

윤은 남자가 무슨 말을 하려는지 부지런히 예측해봤다. 생각이 어느 지점에 다다를 무렵 남자가 본론을 꺼냈다.

"그래서, 저희도 벌 수 있을 때 벌어야 한다는 말씀입니다."

"하지만 전…… 지금 돈이 없는데……."

남자의 시선이 윤의 손목시계에 꽂혔다. 아내와 결혼할 때 다른 예물을 생략하는 대신 마련한 명품 시계였다.

"어떤 물건은 시간이 갈수록 가치가 올라가는 법이

죠."

허전한 손목을 만지며 자리로 돌아온 윤은 상반된 감정을 느꼈다. 50년 전보다 악화된 사회제도가 그를 도와준 셈이니 기뻐해야 할지, 소위 지식인의 한 사람으로서 한탄해야 할지 몰라 헛웃음만 나왔다. 책 표지를 펼쳐 수가 적어준 번호를 손끝으로 쓰다듬었다. 또박또박 눌러쓴 글씨에서 온기가 느껴졌다. 아내가 떠난 후 인간의 온기를 느낀 건 처음이었다. 그리고 윤은 깨달았다. 자신이 살고 싶어 한다는 것을. 아내에 대한 죄책감에서 완전히 벗어나지는 못했지만, 살아남아 글을 쓰고 시간 여행을 통해 수를 다시 만나고 싶었다. 그리고 수를 만나려면 돈이 필요했다.

집에 돌아온 윤은 책상 위에 아직 쓰지 않은 자신의 책을 놓아둔 채 고민했다. 윤리적인 선택과 인간으로서의 욕망 사이에서 갈등하던 그는 자신의 책을 베끼기 시작했다. 머리로는 시시하기 짝이 없는 인간이라고 스스로를 비난하면서도 손으로는 쉬지 않고 활자를 쏟아냈다.

나흘 만에 장편소설 한 권 분량을 타이핑해 스무 군

데의 출판사에 보냈다. 결과는 모두 거절이었다. 이쯤 되니 원래 발간했던 해에는 여러 가지 요소가 운 좋게 맞아 떨어져서 출판을 하고 성공도 했던 게 아닐까, 하는 의구심이 들었다. 그래도 혹시나 하는 마음으로 마지막으로 보낸 출판사에서 계약하자는 메일이 날아왔다. 그러나 이런저런 이유로 책이 나오기까지는 6개월이 걸렸다. 윤은 출판사에 사정해 선인세를 받았다. 드디어 수를 만날 수 있게 된 것이다.

윤은 다시 시간의 터널사에 갔다. 오피스텔 문을 열자 후끈한 열기가 그를 덮쳤다. 사무실의 낡은 집기들은 한쪽 구석으로 밀려나 있었고, 가운데에는 커다란 스노우볼같이 생긴 은빛 물체가 자리 잡고 있었다. 더러워진 작업복 차림의 동훈은 머리 위에 노란 고글을 올린 채 바닥에 주저앉아 컵라면을 먹고 있었고, 고양이는 그보다 훨씬 고급스러워 보이는 통조림에 코를 박고 있었다.

"이게 다 뭡니까? 영업 안 하세요?"

"오, 작가 선생님 아닙니까. 정상 영업 중입니다만."

"그런데 이 기계는……."

"1인용 타임머신입니다. 제가 개발했죠."

"이걸 만들었다고요? 어떻게……."

"도심의 뒷골목에 가면 독신자들이 사망했을 때, 미처 폐기처분 신고를 하지 못한 안드로이드를 빼돌려 부품을 파는 업자들이 있습니다."

서울 외곽의 '뒷골목'에 대한 얘기는 들은 적이 있었다. 윤은 처음 시간의 터널사에 왔던 날, 구석에 쌓여 있던 고철 더미를 떠올렸다.

"그 부품을 잘만 조합하면 여러 가지 것들을 만들 수 있죠. 아직 시험 중이긴 합니다만, 제대로 작동만 하면 특허를 낼 생각입니다."

동훈의 눈에 생기가 돌았다. 하지만 빈말로라도 칭찬하기 어려운, 허술해 보이는 기계였다.

"게다가 이 타임머신이 획기적인 이유는, 활주로가 필요 없다는 점입니다. 기존 유선형의 타임머신과 작동 방식 자체가 다르거든요. 집에다가 이 기계를 들여놓기만 하면 언제든지 미래로 떠날 수 있게 되는 거죠. 아, 1인용이긴 하지만 150킬로그램의 하중까지 견딜 수 있어 웬만한 성인 두 명이 함께 여행할 수도 있습니다. 의자가 하나라서 불편하긴 합니다만…… 그 정도 기술적인 문제들이야 간단히 해결할 수 있으니까, 법적인 문제들만 해결되면……."

동훈은 별로 궁금하지 않은 말을 랩처럼 쏟아냈다.

"저, 50년 후로 가겠습니다."

윤은 동훈의 말을 자르고, 여행 상품을 계약했다.

미래에 도착한 윤은 공항에서 택시를 잡아타고 뒷골목으로 갔다. 동훈이 1인용 타임머신의 부품을 구한 것처럼 수에게 연락하기 위한 핸드폰을 구하기 위해서였다. 뒷골목은 공항에서 차로 10분 거리에 있었다. 골목에 들어서자 시궁창 썩는 냄새가 났다. 주먹만 한 크기의 검은 쥐들이 피하지도 않고 바닥을 유유히 기어 다녔다. 군데군데 바둑알처럼 놓여 있는 작은 쥐들은 죽은 지 며칠은 지난 듯 몸에서 구더기가 들끓었다. 윤은 자기도 모르게 코를 쥐었다. 그 악취 속에서도 돈 냄새를 맡은 업자들이 윤의 주변에 모여들었다. 윤은 지폐 몇 장을 쥐여주고 역사책에서나 보던 투박한 모양의 핸드폰을 얻을 수 있었다.

윤의 전화를 받고 지난번 만났던 술집으로 나온 수는 6개월 전과는 전혀 다른 모습이었다. 아름다운 이목구비에는 변함이 없었지만, 통통했던 볼살은 푹 꺼지고,

눈 밑에는 보랏빛 그늘이 드리워져 있었다. 검은 눈동자는 쉬지 않고 좌우로 흔들렸고, 간혹 쫓기는 사람처럼 겁에 질려 주변을 두리번거렸다. 윤은 수가 마약 같은 데 빠진 게 아닌지 걱정이 되었다.

"저, 엉망이죠."

수가 두 손으로 자신의 양 볼을 감싸며 말했다.

"무슨 일이…… 있었어요?"

"사실은…… 남자친구의 아이를, 임신했어요."

수는 아직 스무 살, 학생이다. 분명 축하를 해야 할 상황은 아닌 것 같았다. 그녀는 바싹 마른 입술에 침을 바르며 힘겹게 말을 이었다.

엄격한 환경에서 자란 남자친구는 아버지를 거역하지 못하는데 남자친구의 집에서는 낙태를 원한다고, 남자친구를 만나게 되면 자신을 데려다 강제 낙태를 시킬까봐 도망 다니는 중이라고 했다. 그런데도 수는 여전히 남자친구를 사랑하며 무엇보다 아이를 절대 포기할 수 없단다.

수를 만나면, 문학에 대해 이런저런 얘기나 나누며 한가롭게 시간을 보내고 싶다고 생각했던 윤은 무슨 말을 해야 할지 알 수 없었다. 애당초 윤이 해결해주거나

도움을 줄 수 있는 문제가 아니었으므로, 섣부른 위로의 말도 나오지 않았다. 정해진 여행 시간이 다 지나도록 두 사람은 앞에 놓인 음료만 홀짝거렸다.

"벌써 가야 할 시간이 지났는데……."

윤이 미안함을 담아 말했다. 그러자 흔들리던 수의 눈동자가 윤을 향해 또렷이 고정되었다.

"저도 같이 가면 안 돼요?"

수가 목소리를 잔뜩 낮추고 말했다.

"저도 데려가주세요. 50년 전, 과거로."

그것만이 아이를 안전하게 낳아 기를 수 있는 길이라고 말하는 수의 눈에서 커다란 눈물방울이 떨어져 내렸다. 아주 짧은 순간이었지만, 윤은 투명한 눈물의 표면에서 아내의 얼굴을 본 것 같았다. 그리고 자신의 남은 생 동안 수와 그녀의 아기를 지켜주는 것이, 미처 지키지 못했던—예상 수명을 채우지 못하고 사고로 죽어버린—아내에 대한 죗값을 치르는 길이라고 생각했다.

그렇지만 어떻게? 현재로 돌아갈 시간이 얼마 남지 않았는데……. 초조해진 윤은 손목시계를 가져간 승무원을 떠올렸다. 그 남자라면 통할 수도 있지 않을까? 그러나 사람을 데려가는 건 책 한 권을 밀반출하는 것과

는 차원이 달랐다. 아무리 허술한 검색대라도 미래의
사람을 통과시켜주지는 않을 것이다. 설령 어찌어찌 함
께 도착한다고 해도 여권이 없는 수가 입국심사장을 통
과할 수는 없는 일이다. 그때 윤의 머릿속에 번쩍 스치
는 장면이 있었다.

"내일 저녁 당신을 데리러올게요. 여덟 시 이후에 여
기서 기다리고 있어요."

현재로 돌아온 윤이 찾아간 곳은, 시간의 터널사였다.

노란 고글을 쓴 채 타임머신의 문짝을 용접하던 동훈
은 귀신이라도 본 사람처럼 놀랐다.

"선생님이 이 밤에 무슨 일이십니까? 여행 중 불편했
던 점이라도……."

"내일 저녁, 50년 후로 가고 싶습니다."

"또요? 내일은 여객기 운항이 없는 날입니다만……."

"이걸 타고 말입니다."

윤이 1인용 타임머신을 가리켰다.

"이걸요? 여기에 아직 사람을 태운 적은 없는데요.
가브리엘, 제 고양이가 30년 후로 다녀오는 데 성공하
긴 했지만요."

자기 이름을 알아들었는지 창가에 있던 고양이가 냐옹, 하며 꼬리를 치켜들었다.

"상관없습니다."

"실험 비행을 해주신다면 저야 감사하지만, 굳이 위험한 일을 하시려는 이유가……."

윤은 동훈에게 자신의 사정을 간단히 털어놓았다. 처음에는 다소 장난스럽던 동훈의 표정이 진지해지다가, 이내 어두워졌다.

"그러니까, 미래에서 사람을 데려오시겠다구요?"

동훈이 고글 아래쪽을 손톱으로 딱딱 두드리면서 물었다.

"도와주시면, 제 인세의 3퍼센트를 드리겠습니다."

"인세를 주신다면…… 사양하진 않겠습니다만, 이건 목숨과 관련된 일인 데다가 미래에서 사람을 데려오는 건……."

"부탁합니다."

고글을 벗어 들고 머리칼을 손으로 흩뜨리며 고민하던 동훈은, 꽤 오랜 시간이 흐른 후에 결심한 듯 주먹을 꽉 쥐었다.

"좋습니다. 내일 저녁에 이곳으로 오십시오."

윤은 동훈에게 몇 가지 주의사항을 들었다. 기존의 공항을 이용하지 않으므로 단속에 걸리지 않으려면 뒷골목에 착륙해야 한다는 점, 타임머신을 타고 그곳에 도착하는 것은 불법 핸드폰을 구하는 것과는 전혀 다른 얘기라는 점, 무사 귀환을 위해서는 '제리'라는 남자에게 도움을 받아야 한다는 점 등. 그중에서도 동훈이 가장 강조한 것은 미래에서 온 여자와 같이 살기 위해서는 기존의 모든 관계를 끊고 은둔생활을 해야 한다는 것이었다.

집으로 돌아온 윤은 서둘러 집 안을 정리했다. 사람들과의 교류를 끊고 아는 사람이 없는, 외따로 떨어진 곳으로 이동하기 위해서는 짐을 줄여야 했다. 그는 그동안 쌓아두고 버리지 못했던 아내의 물건과 옷 앞에 한참이나 서 있었다. 그리고 그것들을 상자에 담아 코인 재활용 센터에 갔다. 재활용 처리비는 리터당 500원이었다. 윤은 아내와의 추억이 동전과 함께 사라지는 것을 지켜보며 몇 번이나 미안하다는 말을 되뇌었다.

다음 날 저녁, 윤은 단단히 마음의 준비를 하고 시간의 터널사에 갔다.

"목적지를 뒷골목으로 해놓겠습니다. 무사히 돌아오고 싶으시면 제리에게 이걸 건네주셔야 합니다. 그러지 않으면 기계는 30초 만에 쓸모없는 고철 덩어리가 돼버릴 테니까요."

동훈이 제리의 사진과 두툼한 돈다발을 윤에게 건네며 말했다. 윤은 돈다발을 넣으려 가방을 열었다. 가방 안에는 묵직한 권총이 들어 있었다. 놀란 듯 짧게 숨을 들이마신 동훈이 금세 태연한 표정으로 말했다.

"잘 생각하셨습니다. 부디 사용하실 일이 없기를."

"이렇게까지 저를 도와주시는 이유가 뭡니까?"

윤이 물었다. 실험 비행 때문이라고 하기에는 위험 요소가 너무 많았다. 동훈은 잠시 윤을 바라보다가, 한쪽 입꼬리를 끌어 올렸다.

"대작가 선생님의 인세가 탐이 나서라고 해두죠."

기계 내부는 대관람차를 반으로 잘라놓은 것처럼 한 사람이 앉을 수 있는 의자를 제외하고는 아무것도 없었다. 벽에는 계기판이 있었지만 출발 시각, 도착 장소 등 필요한 정보들은 모두 외부에서 리모컨으로 입력해야 했다.

"선생님은 문이 닫힌 후에 초록색 버튼만 누르시면

됩니다."

윤은 계기판 아래쪽에 있는 초록색 버튼을 눌렀다. 지금부터는 아무것도 돌이킬 수 없다고 생각하니, 긴장으로 목덜미가 뻣뻣해졌다. 우우웅, 하는 낮은 기계음이 들렸고 타임머신이 회전하기 시작했다. 멀미를 참으며 눈을 감자, 눈앞에 아내의 얼굴이 떠올랐다. 피투성이 얼굴이 아닌, 참으로 오랜만에 보는 웃는 얼굴이었다. 반가워할 겨를도 없이 이번에는 수의 얼굴이 나타났다. 아내와 달리 수는 울고 있었다. 동체는 더욱 빠르게 회전했다. 아내의 웃는 얼굴과 수의 우는 얼굴이 동체의 회전 속도에 맞춰 교차되었다. 수의 우는 얼굴이 아내의 웃는 얼굴과 정확히 겹쳐졌을 때, 기계가 회전을 멈췄다.

문이 열렸고, 냄새만으로도 뒷골목에 도착했다는 것을 알 수 있었다. 타임머신 주변으로 업자들이 눈을 번득이며 모여들었다. 그중에서 제리를 찾는 일은 어렵지 않았다. 제리는 얼굴을 쥐처럼 보이게 문신한 남자였기 때문이다. 윤은 제리에게 돈뭉치를 쥐여주고 수를 데려올 동안 타임머신을 지켜달라고 말했다. 제리는 쥐같이 뾰족한 치아를 드러내며 웃었다.

윤은 미세먼지가 내려앉은 후텁지근한 밤공기를 뚫고 큰길로 나갔다. 그리고 지나가던 택시를 잡아 수가 기다리고 있을 술집으로 향했다. 그녀는 핼쑥하고 초조한 얼굴로 바에 앉아 있었다.

"방법을 찾았어요. 당신을 과거로 데려가줄게요."

"네? 어떻게요?"

"설명할 시간이 없어요. 일단 가요."

그들은 미리 대기시켜놓은 택시를 타고 타임머신을 놓아둔 뒷골목으로 갔다. 기사가 뒷골목 안까지는 들어가지 않겠다고 하는 바람에 그들은 한 블록 전에서 내려야 했다. 택시에서 내린 수는 윤의 손을 꼭 잡았다.

뒷골목 안으로 들어가자 어수선한 소리가 들렸다. 윤은 수를 가까운 건물 입구에 숨겨두고 타임머신이 있는 곳으로 달려갔다. 불길한 예감이 그를 사로잡았다. 타임머신 앞에 서너 명의 남자들이 스패너와 해머 같은 연장을 들고 있었다. 그중 가장 덩치 큰 남자가 문손잡이를 잡으려 했다. 기계에 등을 붙이고 서서 필사적으로 놈들을 막던 제리는 덩치의 주먹에 맞아 바닥으로 쓰러졌다. 그들이 기계의 문을 뜯어내려던 찰나, 윤은 가방에서 권총을 꺼내 허공으로 발사했다. 탕, 하는 소리에 놈들의 이목이 쏠렸다. 윤이 덩치에게 총을 겨누자 놈들이 얼어붙었다. 빨리 타임머신에 타요! 윤이 소리쳤다. 수가 달려와 기계 안으로 들어갔고 윤도 경계를 늦추지 않으며 뒷걸음으로 올라탔다. 윤은 제리가 무사하길 바라며 초록 버튼을 눌렀다. 출발할 때보다 요란한 소리가 나며 타임머신이 이륙했다.

비좁은 내부에는 의자가 하나밖에 없었으므로, 윤은 수를 무릎에 안고 타야 했다. 그녀 등의 따뜻한 기운이 윤의 가슴에 와닿았다. 기계가 출발했고 그는 흔들리는 의자를 핑계 삼아 조심스레 그녀의 허리를 끌어안았다. 이대로 기계가 오작동을 일으킨다면, 시간의 궤도를 벗어나 차원과 차원 사이를 영원히 떠도는 미아가 된다면, 그것도 괜찮을 것 같다고, 윤은 생각했다.

딱딱거리는 소리를 내며 흔들리던 타임머신이 멈추고, 문이 열렸다. 현기증으로 비틀거리는 수를 부축해 나오자, 놀람과 기쁨이 뒤섞인 얼굴의 동훈이 차가운 생수를 건넸다. 수가 소파에 앉아 물을 마시는 사이, 동훈은 윤에게 다시 한번 당부했다.

"저 여자와 같이 지내려면 지금까지 알고 지냈던 모든 사람과의 연락을 끊어야 합니다. 조금만 알아보면 여자가 미래에서 왔다는 것 정도는 쉽게 밝혀질 테니까요."

윤은 수를 데리고 산골 마을로 이사했다. 가사에 서툰 수의 부담을 덜어주기 위해 가사도우미 안드로이드, 낸시를 주문했다. 낸시는 수의 말동무로서도 제법 역할을 해냈다. 산골이라도 모든 생필품을 드론으로 주문할 수 있었기에 불편한 점은 전혀 없었다. 수의 배는 마음의 안정을 찾아가는 속도와 비례해 불러왔고, 7개월 후 아기가 태어났다. 아들이었다. 아이는 친자식이라고 해도 믿을 만큼 윤과 닮아 있었다. 처음 만난 날, 수가 자신을 남자친구의 아버지라 오해할 만했다는 생각이 들었다.

자라면서는 목소리까지 닮아갔다. 덕분에 윤은 아이에게 더 많은 사랑을 줄 수 있었지만, 딱 하나 성격만큼은 극과 극이었다. 세상 사람들을 성격에 따라 거대한 평행사변형 위에 일렬로 늘어세운다면, 윤과 그의 아들은 대각선의 꼭짓점에 마주하고 서 있게 될 것이다. 윤과 수가 아이에게 따뜻하게 대할수록, 아이 심장의 온도는 더욱 차갑게 식어가는 것 같았다. 수는 아이의 성격이 할아버지를 닮은 것 같다,고 했지만 윤의 생각은 달랐다. 윤은 아이를 보며 종종 처음 시간 여행을 했던 날을 떠올렸다. 이상할 정도로 들떴던 마음, 자신이 아니라 자신의 껍데기를 쓴 것 같았던 감각. 아들은 미래에서 온 아이다. 자신이 속한 곳이 아닌, 과거의 시간을 살아가는 것이다. 그것 때문에 아들에게선 시간의 격차로 인한 감정의 변이가 나타나는 게 아닐까. 윤은 이러한 의문을 수에게 말하지 않았다. 미래에서 온 수에게 이런 가설은 유쾌하지 않을 테니까.

그들은 아들에게 한결같은 사랑을 주었고 세 사람으로 이뤄진 공동체는 비교적 한가하고 평화롭게—행복이라도 불러도 좋을 만큼—유지되었다.

1년, 3년, 7년, 13년, 21년……. 시간은 빠르게 지나갔다. 그동안 윤은 많은 책을 썼고, 사람들에게 인정받는 작가가 되었다. 물론 다니엘 헨더슨상도 탔다. 아들은 대학을 졸업하고 도시에서 살기 시작했다. 아버지처럼 작가가 되겠다고 했지만 소질을 타고난 것도, 그렇다고

꾸준한 노력을 하는 것 같지도 않아 보였다. 하지만 윤은 아들을 채근하지 않고 부족함 없는 생활을 할 수 있도록 지원해주었다.

윤은 수와 둘이서 보내는 시간이 좋았다. 두 사람은 평범한 부부처럼 지내지는 않았지만, 그로 인해 정신적으로 더 깊은 교류를 할 수 있었다.

마흔아홉이 되던 해 생일, 수가 아무렇지도 않은 척 물었다.

"여보, 1년 후면 제가 태어나는데 그때는 어떻게 되는 걸까요?"

덤덤한 말투와 달리 그녀의 손끝은 미세하게 떨리고 있었다. 수는 2148년 6월 26일생이었다. 그날이 되어 수가 태어난다면 하나의 우주 안에 수가 두 명이 되는 셈이다. 타임 패러독스. 수는 미래에서 왔으므로 사실상 현재에 존재할 수 없는 사람이다. 지금까지는 문제없이 살았다고 해도 '진짜 수'가 태어나면 사라지게 될 것이다. 처음부터 알고 있었지만 일부러 외면해왔던 문제였다. 30년이라는, 정해진 시간이 점점 줄어드는 걸 아쉬워하면서 보내는 것보다는 하루하루를 소중히 생각하며 충실히 보내는 편이 더 현명하다고 판단했기 때문이다.

"걱정하지 마요. 당신이 비록 이 우주에서 사라진다고 해도 나와, 우리 아들과 함께한 시간은 사라지지 않을 테니까."

윤이 부드러운 목소리로 말했다. 수는 윤의 손을 꼭 쥐었다. 얼굴에는 슬프지만 따뜻한 온기를 담은 미소가 어려 있었다. 그들은 그렇게 자신의 운명을 받아들이기로 했다.

3

'그들은 그렇게 자신의 운명을 받아들이기로 했다.'

이 문장을 마지막으로 아버지의 소설은 끝이 났다. 냉장고에 있는 재료를 무작위로 꺼내 믹서에 넣고 돌린 것처럼, 여러 가지 감정이 내 안에서 뒤섞였다. 지금까지 내가 믿고 살아온 것들을 전부 뒤집어버리는 이야기였다. 황급히 두 번째 페이지를 펼쳐 헌사를 다시 확인했다. 나의 인생, 독자, 아들,이라는 단어가 볼드체로 쓴 것처럼 또렷하게 눈에 들어왔다.

과연 이 소설의 주인공은 아버지고, 수는 어머니란 말인가? 그렇다면 아버지는 나의 생물학적 아버지가 아니라는 의미다. 아버지와 나의 외모가 닮은 것은, 나의 생물학적 아버지가 내가 아버지라 믿었던 사람과 닮았기 때문이었다. 그러나 멜로드라마 같은 출생의 비밀도 어머니가 20년 후의 미래에서 온 사람이라는 사실에 비하면 아무것도 아니었다.

모든 것이 농담이었으면 하고 바랐지만, 아버지는 이런 종류의 농담을 할 수 있는 사람이 아니었다. 그렇다면 다른 가능성을 생각해봐야 한다. 아버지는 오랜 세월 병마와 싸우느라, 혹은 어머니를 잃은 슬픔에 정신이 이상해져 이런 이야기를 지어냈는지도 모른다. 그러나 단순히 광인의 이야기로 치부한다면 내가 부모님에게 느꼈던 부자연스러운 면들—어머니의 갑작스러운 실종, 시골에서의 은둔생활 등 평생 맞추지 못한 큐브처럼 품고 있었던 의문들—은 영원히 해결되지 않을 것이다. 바꾸어 말하면 소설 「미래의 여자」를 실화라고 믿을 때, 정육면체 큐브는 모든 면이 맞춰져 균일한 색상을 갖게 된다. 그것은 사라진 어머니가 갓난아이로 '태어나' 어딘가에 존재한다는 의미이기도 하다.

나보다 30년이나 어린 어머니라니. 소름과 함께 호기심이 솟았다. 소설만으로 얻을 수 있는 정보는 극히 한정적이었다. 하지만 마음만 먹으면 어머니를 찾는 건 그다지 어렵지 않을 것이다. 어머니를 찾아가 먼발치에서라도 보고 싶었다. 어쩌면 어머니의 부모, 나의 외조부모와 짧은 대화를 나눌 수 있을지도 모른다. 그러나 그런 열망은 곧 사그라졌다. 시간의 질서를 흩트리는 일은 우리 부모만으로 충분했다. 자칫하다가는 어머니가 사라졌듯이 나도 사라질지 모른다. 나는 미래의 어머니와 그녀의 남자친구, 즉 백 퍼센트 미래 사람들의 유전자로 구성된 내가 현재에 존재한다는 사실에 만족하기로 했다.

어긋난 시공간 속에서 살아 있다는 것과 별개로, 혼재된 감정은 여전히 녹아들지 못하고 나를 흔들었다. 가장 강하게 솟구치는 감정은 배신감이었다. 부모님이 평생 나를 속인 것이나, 시간 관리법을 어기고 숨어 지낸 것은 그나마 용인할 수 있었다. 하지만 내가 나름의 존경심을 갖고 있던 어머니가 고작 사랑 때문에 인생의 많은 부분을 희생한 유치한 족속이었다니. 그것만큼은 참을 수가 없었다. 아이러니하게도, 나라는 존재는 그들의 어긋난 사랑에 절묘하게 엮여 세상에 태어났으므로, 그들의 사랑을 부정하는 것은 내 존재 자체를 부정하는 것이나 마찬가지였다.

복잡한 감정을 털어내기 위해 며칠간 아버지의 집에 머물기로 했다. 아내의 출산 예정일이 얼마 남지 않았으므로 길어야 2, 3일 정도일 것이다. 아내에게 전화를 걸었다. 아내는 은근히 화상통화를 하고 싶어 했지만, 나로서는 음성통화로 충분했다.

오늘 여기서 자고 가야 할 거 같은데.

정리할 게 많아요?

응.

하지만 아버님 유품은 전부 낸시가…….

기어들어가던 아내의 목소리가 내 헛기침 소리에 뚝 끊겼다. 잠깐의 침묵 후에 아내가 말했다.

그럼 잘 정리하고 오세요.

아내와 통화를 끝내고, 책상 위에 던져놓은 원고를 한동안 노려봤다. 그리고 원고를 집어 한 번 더 천천히 읽기 시작했다.

마지막 문장을 읽고 나서 원고를 들고 주방으로 갔

다. 식기나 조리도구들은 말끔히 치워진 상태였다. 나는 먼지 하나 없이 반짝이는 레인지 위에 종이뭉치를 올려놓고, 온도를 최강으로 설정했다. 몇 초 지나지 않아 종이에 불이 붙었다. 주홍색 불꽃이 일렁이며 흰 종이를 검게 물들였다. 이제 부모님의 어리석은 비밀은 내 머릿속에 봉인된 기억으로만 남게 될 것이다.

4

아버지가 돌아가시고 일주일 후, 아들이 태어났다. 아들의 생김새는 나를 쏙 빼닮았지만, 커갈수록 하는 행동은 내 아버지—피 한 방울 섞이지 않은—를 연상시켰다. 비이성적이고, 즉흥적이며, 타인에 대한 지나친 감정이입으로 쓸데없는 동정심에 휘둘리고, 사람들에게 부탁을 받으면 거절하지 못하는 나약한 부분들이 아버지와 닮아 있었다. 그런 경향은 아들이 사춘기를 지나면서 더욱 뚜렷해졌다. 스스로 가치관이라고 부를 만한 것들을 갖게 되면서는 내게 말대꾸하는 일도 잦아졌다.

그때마다 나는 아들을 엄하게 다스렸다. 매로는 부족한 잘못을 저질렀을 때는 '침묵의 방'에 들어가 반성하게 했다. 침묵의 방은 어둠이 꽉 들어차 공기마저 희박하게 느껴지는 공간이었다. 그곳에서 물 한 모금 마시지 못한 채 여덟 시간 정도 지나면 아내가 먼저 아들을 꺼내달라며 울었다. 그리고 그때쯤이면 반항하던 녀석도 얌전한 개처럼 등을 구부리고 내게 잘못을 빌었다.

고등학교에 들어가자, 아들의 신체적 조건은 나보다 월등해졌다. 하지만 정신적으로는 내게 반항할 수 없도록 길들여진 상태였다. 아들은 완전하지는 않아도 그럭저럭 이상적인 인간형에 가까워지고 있었다. 대학에 들어가기 전까지는 확실히 그랬다. 아들은 진학하고 싶은 학과를 핑계로 집에서 멀리 떨어진 대학을 선택했다. 나는 내키지 않았지만 녀석을 기숙사에 보내야 했다.

1학년 여름방학이 시작됐고 아들이 집에 돌아왔다. 아들은 나와 눈이 마주칠 때면 고른 치아를 드러내며 모범생처럼 웃었지만, 어딘지 모르게 불안해 보였다. 언제 터질지 모르는 폭탄을 안고 있는 듯한 얼굴, 죽은 아버지를 떠오르게 하는 얼굴이었다. 아내에게 뭔가 들은 얘기가 없는지 물었지만, 아내는 멍청하게 고개를 저었다. 나는 때때로 아내가 어떻게 의대에 입학했는지 의심스러웠다. 결국, 내가 나서는 수밖에 없었다.

8세대 가사도우미 제니가 솜씨 좋게 만든 스테이크와 와인으로 저녁 식사를 기분 좋게 마쳤을 때였다.

잘 먹었습니다.

아들이 급하게 자리에서 일어났다.

오랜만에 같이 산책이나 하자.

내 말에 녀석은 흔쾌히 고개를 끄덕였지만, 나는 그 뒤에 숨은 두려움을 감지할 수 있었다.

하늘에는 피로 얼룩진 듯한 붉은 달이 떠 있었고, 발밑에서는 로봇 귀뚜라미의 울음소리가 들렸다. 당장에라도 아들의 멱살을 쥐고 무슨 짓을 했는지 고백하라고 다그치고 싶었다. 하지만 나는 인내심을 갖고 천천히 산책했다. 만족스러웠던 저녁 식사를 무리 없이 소화시키고 싶어서였다. 사람이 없는 놀이터와 산책로를 지나 연못 근처에 다다랐을 때였다. 으지직, 나는 일부러 귀뚜라미 한 마리를 밟았다. 아들이 부서진 귀뚜라미를 한참 내려보다가 입을 열었다.

아버지, 제 여자친구가 임신했어요.

임신,이라는 단어를 듣는 순간 뜨거운 덩어리가 등뼈를 타고 정수리로 올라왔다. 아들의 실수는 나처럼 계산된 실수가 아니라, 진정한 실수였을 것이다. 그래도 내 유전자를 가진 녀석이었다. 나는 혹시나 하는 마음으로 물었다.

여자친구는 뭐 하는 사람이지?

제 동기예요.

역시 아들에게 계산 따위는 없었다. 미숙하기 짝이 없는 스무 살 동갑내기들의 어른 흉내 놀이라니. 나는 목구멍으로 올라오는 욕을 삼키고 인자한 아버지처럼 말했다.

다행이구나. 네 엄마가 산부인과 의사라서.

아버지, 그게 무슨 말씀이세요?

네 장래를 위해 여자친구가 낙태해야 한다는 말이지.

저는 여자친구랑 결혼할 생각인데요.

아들아, 아직도 모르겠니? 네 생각은 하나도 중요하지 않아.

아들의 얼굴이 달빛을 받아 붉게 물들었다. 아들은 이번에도 내 말을 거역하지 못할 것이다.

일주일의 시간을 주마. 여자친구를 잘 설득해서 엄마 병원으로 데려오렴.

며칠 후 집에 온 아들은 운동화도 벗지 않고 거실로

들어왔다. 그리고 미친 사람처럼 손에 닿는 물건들을 집어던졌다. 제니에게 말리라고 명령할 틈도 없이 고가의 액자, 꽃병, 온습도 조절기, 도자기 인형 들이 대리석 바닥에 떨어져 산산조각이 났다.

가버렸어. 당신 때문에 수진이가 나를 떠났다고!

더는 부술 것이 없자 아들은 자신의 핸드폰을 내게 던졌다. 핸드폰은 나를 비껴가 벽에 부딪친 후 바닥으로 떨어졌다. 쫙, 액정이 갈라지는 소리가 들렸고, 아들은 어디에 베였는지 피투성이가 된 손으로 머리를 감싸며 주저앉았다.

수진아, 수진아.

아들이 제 여자친구의 이름을 쉬지 않고 불러댔다.

나는 비틀거리며 아들의 핸드폰을 내려다봤다. 거미줄처럼 금이 간 화면에는 아들과 아들의 여자친구가 함께 찍은 사진이 있었다. 어디선가 산소 호흡기를 낀 환자의 가쁜 숨소리가 들렸다. 후욱, 후욱, 하는 거친 소리가 내 숨소리였다는 걸 깨닫기까지는 몇 초의 시간이 걸렸다. 입 안에서 신맛이 느껴지고 손끝이 욱신거렸다. 허리를 굽혀 핸드폰을 집어 들었다. 사진을 자세히 보기 위해서였다. 핸드폰을 든 손이 대책 없이 떨렸지만, 나는 아들의 여자친구를 한눈에 알아볼 수 있었다.
사진 속에서 아들과 얼굴을 맞댄 채 환하게 웃고 있는
여자는, 내 어머니였다.

수록 작품 발표 지면

국립존엄보장센터, 『여성작가SF단편모음집』, 온우주, 2018;
National Center for the Preservation of Human Dignity,
Clarkesworld magazine, ISSUE 157, October 2019

미래의 여자, 『궤도채광선게딱지』, 월간토마토, 2018; 대전정
보문화산업진흥원 '제5회 과학소재 장르문학 단편소설 공모전'
우수상

　아침에는 창으로 들어오는 햇살이 볼을 간질이는 촉
감에 눈을 뜨고, 낮에는 하와이의 해변에서 피나콜라다
를 마시며 좋아하는 책을 읽고, 밤에는 민박집의 나무
의자에 앉아 노트북 자판을 두드리고…….

　작가의 삶은 이런 건 줄 알았다. 하지만 막상 작가가
되어보니 작가의 삶이란, 24시간 연중무휴 가내수공업
같은 것이다. 누구에게 어떤 쓸모가 있을지도 모르고
내가 좋아서 무작정 만든다는 점에서 전통적인 가내수
공업과는 조금 차이가 있지만 말이다. 게다가 가내수공
업이란 원래 바지런한 사람들에게 어울리는 법. 그다지

빠릿빠릿하지 못하고 어딘가 나사 하나 빠져 있는 내게
는 꽤 버거운 일이다.

아침에 일어나 세수도 하지 않고 노트북 앞으로 달
려가고, 세탁기가 삐삐 울어대는 소리를 듣고 "아, 빨래
널어야지." 하고 보면 두 시간이 지나 있고, 굳은 어깨
나 좀 풀어볼까 하고 사우나에 갔다가도 아이디어가 떠
오르면 (탈의실로 뛰어가 휴대폰에 메모하는 것만으로
는 성에 차지 않아) 허겁지겁 물기를 닦고 집으로 달려
오고······.

이렇게 살 바에는 '올드보이'처럼 납치당해 만두만
먹으면서 글만 쓰고 싶다는 헛된 꿈을 꾸지만 신기하게
도 나는 이런 삶에 만족한다.

얼마 전 독서 모임에서 켄 리우의 『종이 동물원』을
읽었다. 그 책에는 「상태 변화」라는 짧은 단편이 있는
데, 그 세계에서는 모든 이들의 영혼이 어떤 물건이다.
각얼음, 커피, 담배처럼.

누군가 물었다.

"당신의 영혼을 상징할 수 있는 물건은 무엇일까요?"

그 질문을 듣자마자 나는, 나의 영혼이 연필이라는

것을 알 수 있었다. 깎은 지 얼마 되지 않은, 흑연과 나무 향이 배어 나오는 연필. 그 연필로 하얀 종이 위에 글을 쓰다 보면 언젠가는 몽당연필이 되고 마침내 더는 손에 잡히지 않을 정도로 짧아질 것이다. 그렇게 나의 영혼이 엄지손톱만 한 연필이 될 때까지 나는 멈추지 않고 글을 쓰고 싶다.

노트북 속의 파일에 불과했던 글들을 아름다운 책으로 만들어주신 사계절출판사 김태희 편집장님께 깊이 감사드린다. 내 글을 나만큼 아끼고 사랑해주는 분의 손에서 첫 책이 나오다니, 나는 참 운이 좋은 사람이다.

완성되기 전의 원고를 읽어준 소중한 동료들에게도 감사의 마음을 전한다. 나는 작가가 되고 나서야, 사람은 혼자 살 수 없는 존재라는 걸 배웠다. 그리고 누구보다, 한 인간으로서 턱없이 부족한 나를 언제나 말없이 응원해주는 글에게 감사한다.

－내게 한없이 넓은 우주, 수많은 행성과 반짝이는 별들을 보여준 엄마, 사랑해요. 아빠도요. 아빠는 우리에게 단 하나뿐인 푸른 별이에요.

그리고 독자 여러분, 감사합니다. 제가 세상에 내놓은 '제품'이 여러분에게 조금은 쓸모 있기를.

2020년 10월

남유하

다이웰 주식회사

2020년 10월 30일 1판 1쇄
2021년 11월 5일 1판 2쇄

지은이 　남유하
편집 　김태희, 장슬기, 이은, 김아름, 이효진
디자인 　홍경민
제작 　박흥기
마케팅 　이병규, 양현범, 이장열
홍보 　조민희, 강효원
인쇄 　천일문화사
제책 　J&D바인텍

펴낸이 　강맑실
펴낸곳 　(주)사계절출판사
등록 　제406-2003-034호
주소 　(10881) 경기도 파주시 회동길 252
전화 　031)955-8588, 8558
전송 　마케팅부 031)955-8595 편집부 031)955-8596
홈페이지 　www.sakyejul.net
전자우편 　literature@sakyejul.com

ISBN 979-11-6094-689-5 04810
ISBN 979-11-6094-050-3 (세트)